もしもキミが。

凛

ゴマ文庫

Contents

中学3年

冬…1

―― 優基 ――

僕は秋山優基《あきやまゆうき》。

突然だけど、世の中は偶然と運命でできている。と、僕は思う。誰と出会うのも何が起きるにも偶然と運命の連発だ。

僕は偶然今の母から生まれ偶然この高校までやってこれた。この高校はレベルはそれほど高くない。僕はこの高校にすら偶然入れたのだから、まぁ僕の頭のレベルはわかってもらえるだろう。

僕の外見ははっきり言うのもなんだけど、悪くないと思う。茶色のさらさらヘアはなかなかの人気だ。背も178センチと高い。まぁ告白も少しはされるほうだ。

こんな僕には彼女がいなかった。

それは好きな子がいたからだ。

その子は幼なじみで、隣の家に住んでいた、冬本麻樹《ふゆもとまき》。

彼女もまた彼氏がいなくて、少し暗い性格のため友だちも少なかった。

この話はこんな僕たちの物語だ。

今思えば、このころの僕たちはいちばん幸せだった。

――3年前冬――

「優ちゃん、おはよう」
「おはよ、麻樹」
僕たちは中3になっても毎日学校に一緒に通っていた。
まわりから「恋人か？」なんてよく聞かれたけれど、僕はそう思われても良かったし、麻樹も否定はあまりしなかった。
このころ、まわりは受験戦争に追われていた。
ひたすら勉強に勉強を重ねて。
麻樹はもとから頭が良く、日ごろの積み重ねがある分いまさら詰めて勉強をしなくてもいいみたいだった。
僕はバスケのスポーツ推薦で高校が決まっていたので楽だった。
まわりが熱くなってイライラする中、僕と麻樹は平穏に過ごした。

「優ちゃん。行こう」
麻樹はマフラーに顔をうずめてほほえんだ。
12月はまだまだ寒くて吐く息は白く染まっている。
少しだけ赤くなったほほは、赤ちゃんみたいにかわいい。
僕は今まで麻樹と一緒に行動してきたけど、つきあったり、そういうのはない。お互い切り出したりしないし、お互い恋人も作らない。
麻樹に好きな奴がいるのかどうかもわからないが、ずっとこのままでいられたらいいと思う。

「おはよ〜」
僕たちのクラスは隣同士でギリギリまで一緒にいる。
「秋山ぁ！　おはよー」
僕に声をかけてくるのは髪が茶色や金髪な奴ばかり。
「冬本さんおはよう」
一方、麻樹に声をかける奴は期末テストなんかで上位をしめる奴らばかりだ。
受験モードになってピリピリしてる奴らもいれば、そうじゃない奴らもいる。そのとき中学は浮かれまくってた。
麻樹は教室に入っていった。これが、僕たちの朝だ。
「ねぇ、知ってる？　秋山ぁ」
猫なで声で話し掛けてきたのはマリコ。
ぶっちゃけ僕に好意を抱いているらしい。
マリコは茶髪でくるくると髪の毛をまいている。
男子にはモテるほうだ。
まぁ、僕は興味ないけど。
「なにが」
僕は基本的に麻樹以外には単語で返す。優しいか冷たいかで分類するとすれば、冷たい方に分類されるだろう。

「あのねぇ、7組の田中サンと山茂君、妊娠して受験できないらしぃよ」
「ふ〜ん」
山茂って……あの遊び人か。僕は嫌いだから話したこと2・3回しかないけど。
「ねぇ〜秋山もわたしと子供つくろうよぉ」
「……他あたって」
麻樹と同じ歳なのに、なんでこうも考えることは全然違うんだろう。
悪いけど、今は麻樹以外考えられない。

「それでね」
まだ話すことあんのかよ、と思いながらマリコをにらんだ。
「中絶するのにお金集めてるらしいよー」
「ふーん」
またまた関係のない話。僕に言われても、今まで関係なかったわけだし、そんな金もない。無理なものは無理なんだ。
「まぁいーや。今日も秋山は冷たいからおーしまい。じゃね」
嵐のようにマリコは向こうへ行った。
チャイムが鳴り、憂欝な1日が始まった。

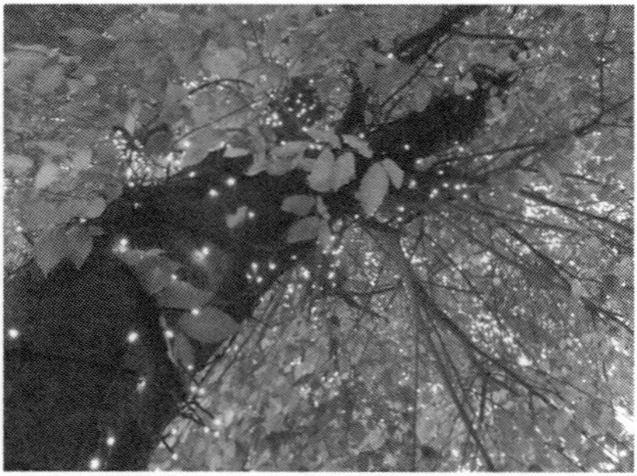

世の中は偶然と運命でできている。

と、僕は思う。

誰と出会うのも何が起きるにも

偶然と運命の連発だ。

中学3年

冬… 2

―― 優基 ――

昼休みになり、麻樹に教科書を借りに行った。

「あれ？　麻樹昼飯もう食ったのか？」

いつもなら麻樹は友だちとパンを食べているのに今日は食べていなかった。

「うん。今日は朝ご飯食べ過ぎて入らないんだ」

「そうか……あ、国語かしてくれないか？」

「うん！　はい」

麻樹は笑顔で教科書を差し出す。

麻樹に別れをつげて教室を出た。そのとき、隣の教室から声がした。

「ほら。私妊娠しちゃってお金ないんだ。カンパしてくんないかな？　友だちだよね？」

――この声は田中か。

その前にはおとなしそうな子が立っている。

僕は窓から離れ、自分の教室に入った。

他人は他人。関係ない。勝手にやってくれって感じだ。

今日も半日くらい寝て、また麻樹と帰ることにした。
「麻樹、帰るぞ」
「あのね、今日は友だちと買い物して帰るから、先に帰っ
てて」
「うぃー」
めずらしい。いつもなら、「お金ないから無理ー」なん
ていって断ってるのに。まぁおばさんに臨時収入でもも
らったのかな。

僕はしぶしぶクラスの友だちの井上と帰った。
「つか田中と山茂できたんだろ？　ありえねぇよなー」
「別に。関係ねぇよ」
「でも、田中、タチわりぃぞ～。学校じゅうから金巻き
上げてるからなぁ。こっちにも来たらどーしよ」
「あげたら。おまえ前、田中好きだったじゃん」
「前の話じゃん。しかも山茂の子だろ!!　やめてくれよ」
学校は今、その話題ばっかりだな。ったく……どーなっ
てんだよ。
「それに、麻樹ちゃん」
「へ？」
「ぷっ。クールガイの秋山君も、麻樹ちゃんのことになっ
たらちゃんと聞くんだな」
「るせぇよ!!　麻樹がなんだよ」
僕は少し恥ずかしくなって顔が赤くなった。

「麻樹ちゃんも田中に払ってるみたいだぜ。マリコが言ってたけど。結構よく見るって」
「は!?」
僕は頭の中が真っ白になった。
麻樹が？　なんで。ありえねぇ……。
携帯を取り出して麻樹にかけても圏外。
役にたたねぇよ……今日はとりあえず買い物行ってるから明日の朝か……。
明日になってこの怒りが冷めないことを願った。

次の日の朝、昨日のことがあったので僕が麻樹を迎えに行った。
――ピンポーン……。
チャイムを鳴らすと、おばさんがドアを開けた。
「あらっ！　優ちゃん。あのね、麻樹今日委員会があるとかで早く行ったのよ」
少し申し訳なさそうにおばさんが答えた。
「あ、そうですか。わかりました」
僕は、おばさんに会釈して学校に向かった。
――おかしい。委員会なんて今まで1回もなかったのに。
僕は学校に急いだ。

「麻樹!!」
学校に着き、麻樹のクラスに行くと麻樹が窓際に座っていた。
僕が叫ぶと麻樹はこっちを振り向かずに、声だけで返事した。
僕は駆け寄って肩をつかみ、こっちをむかせた。
「麻樹!!　お前最近……」
むかせた瞬間に僕は思わず言葉がつまった。
目の前にいるのは、ほほが赤くなり、すり傷があちこちある麻樹。
腕をめくると少しアザが残っている。
「おまえ……どーした……」
「昨日……こけちゃった……」
口は笑っていても目が笑ってない。
「田中じゃないのか？」
すると麻樹はびっくりしたようで目をぱちくりさせた。
そのあと、麻樹は小さな肩を震わせ、目からは大粒の涙があふれだした。
「ごめ……でも私……助けてあげたくて……なんでもいいから……子供産みたいって田中さん……」
「バカ!!　あいつは中絶代だけ巻き上げてんだよ!!　だいたい麻樹がなんで払うんだよ!!」
「私も……赤ちゃん産みたかったから……気持ち、わかる……の」
「いつか産めるだろ!!」
「私……赤ちゃんが産めないかもしれないの……」

麻樹の思わぬ告白に頭がまた真っ白になる。
僕はのどが熱くなるのを感じながら聞いた。

「なんで……」

「私………………………」

僕はそのとき、今までいた麻樹との時間の中でいちばん長い時間のような気がした。

「ＨＩＶなんだ」

僕の目からはひと筋の涙が流れた。
「小学生のとき、具合が悪くて病院で検査をしたの。そしたらＨＩＶに感染しているのがわかって……。どうやらその１ヶ月くらい前に大怪我して、輸血したのが原因らしいの……」
僕は何も言えなかった。
「ごめんね。優ちゃん。今まで隠してて……」
僕は目から涙が何度も何度も流れるのを感じていた。
涙で麻樹が見えなくなる。

涙を止めることができない。

麻樹、お前は小さな体でずっとがんばってきたのか？
誰にも言えず、ただひとりで戦ってきたのか？
僕は何も知らずにのんきにここまでやってきたのか……。
僕は知らないうちに麻樹を抱き締めていた。
麻樹はまだ震えていた。
顔は笑っていても体は正直だ。麻樹はそういう奴だ。

その後、僕は７組に行った 。
「あっ！　秋山くん‼　お・おはよう！」
なぜか顔を赤く染める知らない子に、
「田中いる？」
静かに訪ねた。
教室の奥から髪の毛を金色に染め、ミニスカートの女が出てきた。
田中だ。
「あれ。学校トップクラスのイケ面の秋山じゃん。なぁに～？」
無駄に近寄ってくるその女に僕は低い声で聞いた。
「お前、麻樹に何した？」
「ああ、冬本サン？　なんか子供産みたいから金くれっつったらメッチャくれたから昨日の夕方にもっとくれっつったの。したら、なんかもうないって言われたから、軽くヤキ入れただけよ」
髪の毛をいじりながら軽く言うこの女を、今なら殺せると思った。
僕は田中の胸ぐらをつかみ、壁に押しつけた。
「きゃっ！　いてぇよ‼　何すんだよ‼　女に手あげてんじゃねぇよ‼」
「うっせぇんだよブス。女がどうたら関係ねぇんだよ。次、麻樹に手だしたら、女でも容赦しねえ。麻樹にしたこと以上のことをしてやる」
僕は今まで出したことのないほどの低い声がでた気がする。
田中を床に放り投げて教室をあとにした。
「優ちゃん！」
廊下に出ると麻樹が駆け寄ってきた。
「麻樹……」
「ごめんね……。私のせいで……」
「気にするなよ。僕が気にくわなかっただけなんだから」
「ごめん……」
麻樹はひたすら謝った。

何も気にしなくていいから。キミは僕が守るから――

中学3年

冬… 3

―― 優基 ――

あの事件のあと、田中のお金収集はすっかり終わった。
それと同時に麻樹はあれから、僕を避けるようになった。
声をかければ返事をくれるが、朝も帰りも別々になった。
僕が余計なことしたからか？　あんなふうに事を大きくしたからか？
ある日の朝、6時から麻樹の家の前で麻樹を待った。2月の朝方はまだまだ寒くて、どうしようもない。手も麻痺してきたし……。
カイロをにぎりしめて玄関の前で待っていると、ドアが開いた。

ガチャ……。

「麻樹!!」
「優ちゃん……どーして……」
麻樹は、とても驚いたようで、目を見開いている。
「最近、なんで避けるんだよ」

「避けてなんか……」
「十分避けてるよ。なんかしたか？　したなら謝るよ」
僕は必死に問い掛けた。
「優ちゃ……違うよ……」
「何が……？」
「……」
「麻樹？」
麻樹の様子がおかしい。
その時、急に麻樹がフラつきだした。

バタッッ‼

麻樹は倒れた。地面にぶつかる前に支えることができたから良かった。麻樹の白い額をさわると熱かった。

「麻樹‼」
麻樹は僕の呼び掛けには答えなかった。
「麻樹？」

―― 麻樹 ――

目を覚ますと優ちゃんがいた。
心配そうな顔。

ここはどこ？
周りを見渡すと私の部屋。
そうか、私、家の前で倒れたんだった……。
「大丈夫か？」
「平気……」
私は優ちゃんに言ってしまった。ずっとずっと隠してたのに……ＨＩＶだってこと。
他の誰に知られたって構わなかった。優ちゃん以外には。
好きな人以外なら……。
「もう、さっきの気にしなくていーから」
「え……？」
「やっぱ中３にもなって行きも帰りも一緒って嫌だよな。気づかなくてごめん。麻樹にも好きな奴、できるよな。やっぱまわりの目、気になるもんな。本当ごめん」
優ちゃんは苦笑いして言った。でも、すごく悲しそうな顔……。
違う。違うの。
本当は、「私が優ちゃんにＨＩＶなのって言った日から、嫌われるんじゃないかって恐かっただけなの!!」って……叫びたかったけど、言えない。体がだんだん弱くなっていつ死ぬかもわかんない子から告白されて、幸せになんかなれるわけない。
私はただただ涙を流しながら『ごめんね』ってつぶやいた。

嘘の謝りを声にするたび、のどの奥は焼きつきそうだった……。
「ごめんね……」
その日は一日じゅう優ちゃんに謝っていた気がする。
風邪は治ることなく長引いた。私は治ることを信じて薬を飲んだ。
「私っていつ死んでもおかしくない人間ですよね？」
風邪が続いて、少しずつ体が言うことをきかなくなってきてから、そんな質問も平気でできるようになった。平気じゃないけど、誰かに「そんなことはないよ」って言ってほしくて、何度も何度も確認をするように聞いた。

私は毎日学校に通った。風邪はひどくなるばかり。優ちゃんに会わなくなって余計ひどくなった気さえする。
「なんで私だけこんなふうになっちゃったのかな……」
ひとり言ではこんなことばかり言うようになった。
私は日に日に口数が減った。もとからあまり話をするほうではなかったけど、親にすら話をしなくなった。ご飯もあまり食べなくなった。なんとなく、もうどうでもよくなっていた。
外は雪。小学生は楽しそうに遊んでいる。
毎日毎日優ちゃんと遊んですごく楽しかったこと、覚えてる。
小学校２年のときかな？

私が近所の犬が恐くて、その家の前を通るたびに、優ちゃんは黙って私を道路側に行かせてくれたなぁ……。いつだって優ちゃんは私を守ってくれた。どんなときも。好きにならないなんて、おかしいよ。すごくすごく、大好き。でも、私は何もしてあげられないし、なんの得もない。損ばかり。そんな子に告白されても迷惑だと思う……。

ＡＩＤＳの発症を遅らせる薬はあるけれど、治ることはない。もし発症してしまったら、いずれ死んでしまう……。それならいっそ気持ちを伝えないまま死んでしまったほうが、私が優ちゃんにできる……最高の恩返しだと、思うんだ。

ピンポーン……。

？　誰だろう……。
私はドアを開けた。
すると、優ちゃんが笑って立っていた。
「麻樹!!　遊ぶぞ!!　雪だぞ!!」
「でも風邪が……」
「もうほとんど治ってるっておばさんが今、ウチにきて言ってたぞ!!　ほら!!」
優ちゃんは私にジャンバーを着せ、マフラーをぐるぐる巻いた。
無理矢理手をひっぱられて外に出た。優ちゃんと、久しぶりに手をつないだ。
優ちゃんの手は昔と違ってすごく厚くて固くなってる。でも昔と変わってない、あたたかさ。私は久しぶりの優ちゃんのぬくもりにちょっぴり涙が出た。
「ほらっ‼　みろよ。この公園、相変わらず穴場だ……って、麻樹⁉　どーした⁉　体調悪いか⁉」
「優ちゃん……私のこと……あれからキライになってない？」

――ずっと聞きたかったこと。真っ白な雪に包まれているか、私は素直に聞けた。

「んなわけねーだろ……麻樹のこと、ずっと前から好きだよ。ずっとずっと変わってない。麻樹がどんな病気でも僕が協力する。なんでもする。僕は変わらないよ」
優ちゃんは真顔で言った。私が聞きたかったのはこんな答え。優ちゃんに恐くて聞けなかったことは、こんなにも簡単に聞けてしまった。
「私も優ちゃんが大好きよ。ずっと……恐かった。私がＨＩＶだって言ったらキライになっちゃうんじゃないかって」
「麻樹が健康だから好きになったわけじゃない。そりゃ健康がいちばんだけど、麻樹自身が大好きだから、関係ないよ。これからつらいときはちゃんといるから」
優ちゃんはそう言うと私を抱き締めてくれた。
今まで幼なじみだったふたりが、恋人に変わった日。
真っ白な雪の中。
少しだけ吐く息も白くなる。
少し指先は冷たいけど、今日、私は今までの中で、いちばんあったかい日になった。

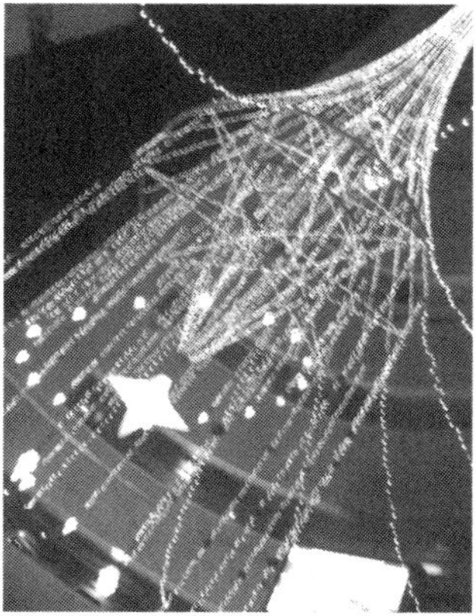

僕は目から涙が何度も何度も流れるのを感じていた。

涙で麻樹が見えなくなる。

涙を止めることができない。

中学3年

冬… 4

―― 麻樹 ――

あの日から私はどんどん元気になっていった。食欲もかなり良くなって、顔色も良くなった。
あれから毎日優ちゃんと学校に行くようになった。ちゃんと手をつないで。
優ちゃんは何もなかったようにふるまってくれる。私が気にしないように。
横を向けば優ちゃんがいる。そんな毎日が私に安心と勇気を与えてくれた。

そんな毎日を過ごせて、私はホントに幸せだなぁと、実感していた。

少しずつ、寒くなって、だんだんコートを羽織らなくちゃ過ごせないようになってきた。
今日も、家を出て、隣の優ちゃんの家のチャイムを鳴らす。

すると、
いつものように優ちゃんのおばさんが出てきて、
いつものように私に
「ごめんね、いつもバカ優が」
って、謝る。
そしたら、優ちゃんが奥から出てきて、
「ごめん！」
って、寝起きの顔で、また謝る。
私はニッコリ笑う。
「いいよ。行こう！」
って言ったら、優ちゃんは、私の手を引いてニッコリ笑うの。
繋いだ手は、本当にあたたかくて、手袋なんていらないくらい。
少し赤くなった鼻を見て、お互いに笑って、もっときつく手を繋ぐんだ。

「ゴホッゴホッ」
「大丈夫か？」
私が咳をすると、決まって優ちゃんは背中をさすって心配してくれる。
「大丈夫。ありがとう」
私は笑ってみせた。

小さな事でも心配かけちゃうけど、その優しさが、私には本当に良い薬なんだ。

それから、学校に着いて、それぞれの教室に入った。
「麻樹ちゃん、おはよー」
「あ、佳代ちゃん。おはよう。今日も寒いね」
クラスの友だち、佳代ちゃんはとても元気で、優しい子。
「今朝もまたラブラブで来てたねぇ。羨ましいこと！」
佳代ちゃんはニヤニヤして、私の肩を叩いた。
「か・佳代ちゃん！」
私は恥ずかしくて、顔を真っ赤にした。
「冬本さん。おはよう」
呼ばれた方を向くと、委員長の安永君。
「安永君。おはよう」
安永君は、とっても爽やかで、頭が良くて、女の子からもモテてるみたい。
「あのさ、最近具合悪そうだったけど、大丈夫？」
「あ、うん。ありがとう。大丈夫だよ」
安永君は少し心配そうに話してくれた。そんなこと気にしてくれてたんだ……。
「なら良かった。あのさ、話があるんだ。ちょっといいかな？」
安永君はニッコリ笑い、手招きをした。

「何？　安永、麻樹ちゃんに告白でもするつもりぃ～？」
佳代ちゃんはニヤニヤしながら言った。
「そんなわけないよ。佳代ちゃ……」
私は、笑いながら安永君をみると、安永君は真っ赤になっていた。
「や・安永アンタまさか……」
クラスのみんなの視線が、安永君に集まる。
「わ・悪いのかよ！　そうだよ！　俺は冬本が好きなんだよ！」
安永君は顔を真っ赤にして叫んだ。
今度は私に視線が集まった。
「えっ!?　あっ……あの……私……」
私が慌てていると、安永君が口を開いた。
「いいよ。冬本さん。冬本さんには秋山君がいるのは、知ってるから。ただ、気持ちを伝えたかっただけなんだ」
安永君は少し悲しそうに笑った。
「ごめん……」
私はなんだか申し訳なくなって、謝った。
「謝らなくていーんだよ？　麻樹ちゃん」
佳代ちゃんが少し焦りながら駆け寄ってきた。
「そうだよ。俺は気持ち伝えられただけで、いーんだから。ありがと。冬本さん」
安永くんはニッコリ笑った。私はすごく申し訳なくて、何度も謝った。

後から、佳代ちゃんに、
「あーゆうときは、逆に謝られた方が落ち込むんだよ」
って耳打ちされて、私はさらに申し訳なくなった。

「麻樹ー！　教科書貸してー」
「あ、優ちゃん…って、何か今日も疲れてない？」
廊下から覗く、優ちゃんを見ると、何だかすごくきつそうだった。
顔がいつもと違う。
最近ずっとそうなんだ。
「あぁ、昨日もゲームしてたら、寝るの遅くなっちゃってさ。気にしなくていーよ」
優ちゃんはニッコリ笑った。
「またゲーム？　もう、気をつけないと倒れちゃうよ！」
私は優ちゃんが心配で、少し叱ってみた。
優ちゃんは、
「わかった！」
ってコクコク頷いて、あんまり聞いてないみたい。
心配してるのに……。

休み時間に、佳代ちゃんにこのことを相談すると、
「女じゃない？」
と鋭い目つきで言った。
「お・女って？」

私はたじろぎながら尋ねた。

「秋山君、学年・学校に限らず、すっごい人気でしょ？
　だから、隠れて浮気…とか！」

佳代ちゃんはニヤニヤしながら近寄ってくる。

「そんなぁ…優ちゃんに限って……」

「あまーーーーい!!　甘すぎるよ！　麻樹ちゃん！」

佳代ちゃんは、机をバンッと叩き、叫んだ。

「か・佳代ちゃん……？」

「麻樹ちゃんだって今日告白されたでしょ!?　あれだって予想外だったでしょ!?　秋山君だって、わかんないよ！」

……な・なるほど……

「今夜さぁ、いきなり行ってみたら？　女だったらいないかもよ！」

佳代ちゃんは閃いたように言った。

「うーん……」

優ちゃんが浮気かぁ……。

どーなのかなぁ。

でも、最近ホントに寝てないみたい。

朝くるときも眠たそうだし。

……今夜、行ってみようかな。

今日は私が放課後に委員会の集まりが入っちゃって、一緒に帰れなかったな。
でも、佳代ちゃんが言ってたことも気になって、どうしても、気になっちゃう。
前は待っててくれたのになぁ、とか。
こんなのヤダよ！

私は早足で帰り、荷物を置いて、玄関を飛び出した。
いつものように、優ちゃんの家のベルを押した。
……家にいるはずだよね……。
私がドキドキしながら待っていると、
ドアが開いた。
「優ちゃん‼」
私は顔を上げ、叫んだ。
すると、出てきたのは、おばさんだった。
「アラ、麻樹ちゃん！」
「おばさん、優ちゃんは？」
私はすぐに聞いた。
「え…さぁ。帰ってきたと思ったら、すぐ出かけてったけど。最近ずっとそうなんだよ」
「帰りは？　遅いの？」
私の体の中の血が引いていく音がした。
「遅いみたいだよ。11時すぎなんかになったりしてるみたい。なにやってんだか。あのバカ息子は」

「そっか……。ありがとう、おばさん……」
私は少し頭を下げて、門を閉めた。

……11時すぎ……？
毎日ゲームしてたんじゃないの？
優ちゃん、どこに行ってるの？
私がどこか気に入らなかった？
もう嫌いになっちゃった？
私の頭の中で、不安な要素がぐるぐる回って、目からは涙がポロポロ流れた。
「優ちゃん……嫌いになっちゃったの……？」
わかんないよ……。

優ちゃん、
私、どうしたらいい？

私は自分の部屋に入り、電気もつけずに泣いた。
メールで、
「今どこ？」
なんて聞けなかった。
返事が怖くて、聞けなかった。
私はそのまま寝てしまっていて、目を開けると、もう12時を回っていた。
「寝ちゃったんだ……」

起き上がり、カーテンを少し開けると優ちゃんの部屋の
電気がついていた。
「帰ってる！」
私は急いで携帯を取り、電話を掛けた。
プルルル……
「もしもし？　麻樹？」
「優ちゃん！　今日も……ゲームしてるの？」
どこに行ってたの？
なんて聞けない。
せめて、これだけ聞きたい。
「あ……うん。そう。でも、もうすぐ寝るから」

……うそつき。

私の目から、また涙が流れた。
喉がアツイ。
「……わかった」
私は必死に我慢して、ひと言だけ話して電話を切った。

……知らない。
もう、知らない。
大っ嫌い !!

私はその日、子供みたいに声をあげて泣いた。

次の日、私はひとりで学校に行った。
昨日のことがあって、目が腫れまくっていた。
もう、優ちゃんはきっと他に好きな人がいるんだ。
私のことなんか、もう好きじゃないんだ。

嫌い！
嫌い！
大っ嫌い！
バカ優基！
私だって、嫌いなんだからー！

……なんて言えるわけない。

だって大好きなんだもん。
昨日から私、何回泣いただろう。
もう涙も枯れちゃうよ。

学校につくと、早速佳代ちゃんが駆け寄ってきた。
「麻樹ちゃん！　昨日、どうだった!?」
心なしか、佳代ちゃん、楽しそう……。
「私、もうフラれちゃうかもしれない……」
私はその言葉を口にすると同時に、また涙を流してしまった。
佳代ちゃんに昨日あったことを話すと、

「それはもう、確信犯だね！」
佳代ちゃんは、親指を立てて、叫んだ。
「秋山君も、なかなか悪だね。こうなったら麻樹ちゃん、仕返しに、麻樹ちゃんも浮気しちゃいなよ！」
「えっ!?」
私は目が点になった。
「だって秋山君も浮気してるんだもん！　麻樹もしちゃっていーよ！」
佳代ちゃんは、ウンウン、と頷きながら言った。
「でも、それはできないよ……私、優ちゃんが他の人好きでも、私は優ちゃんが好きだもん」
ウザイって思われるかもしれない。
だけど、今までずっと好きで、やっと両想いになったんだもん。
いまさら他の人なんて、無理だよ。
「ま、明日から冬休みだし、がんばりなよ」
佳代ちゃんは私の背中をポン、と叩いて笑った。

「うん」
……明日から冬休みかぁ。

その時、携帯が震えた。

『☆優ちゃん☆』

「優ちゃんだ……」

……今朝のこと、怒ってるのかな。

私は電話に出た。
「もしもし……」
「麻樹？　今日なんで先に行ったの」
……少し怒ってる。
「ごめん、私、今日は日直だから先に出たんだ」
「それなら昨日の夜、言えばよかったのに。心配したんだぞ」
「ごめん……」
私は静かに電話を切った。
昨日の夜なんて、言える状態じゃなかったんだよ……。
「麻樹ちゃん、体育館行こう！」
佳代ちゃんが笑って言った。
私は一度頷いて、教室を出た。
廊下の窓をみると、外には少し、雪が降っていた。

体育館に向かっていると、急に腕を掴まれた。
「麻樹、ちょっと来て？」
見ると、優ちゃんが立っていた。
「で・でも、終業式が……」
私は佳代ちゃんを見た。すると佳代ちゃんは、

「いいよ。麻樹は腹痛の為、保健室ってことで」
と、笑って言った。
「アリガト。佳代ちゃん」
優ちゃんは私を引き寄せ、佳代ちゃんに笑った。

何？
どうしたの？

私は優ちゃんに手を引かれて、音楽室に入った。
「急にどうしたの？」
私が尋ねると、優ちゃんはニッコリ笑った。
「麻樹、目ぇつぶって！」
……目？
私が不思議がっていると、優ちゃんはじれったいように、
「いいから！　早く！」
「う・うん？」
私は言われるままに目を閉じた。

少しすると、
「いいよ！　開けて！」
と、少し弾んだ優ちゃんの声がして、私はゆっくり目を開けた。

「あ……これ……」

目を開けると、私の右手の薬指には、綺麗なシルバーの指輪がはめれらていた。
「これ……どーしたの……」
私は驚いて、うまく喋れなかった。
「待って！　見てコレ！」
優ちゃんは、そう言うと、バッと右手を出した。
その手には私と同じ、シルバーの指輪があった。
「お揃いで買ったんだ！」
優ちゃんはニッコリ笑って言った。

私は指輪を見た。
指輪はすごく綺麗で、キラキラしてる。

「最近ごめんな。なんか心配させて」
優ちゃんは少し申し訳なさそうに謝った。
「え……？」
「実は、井上の親父んとこの工事現場で、バイトさせてもらってたんだ」
優ちゃんは苦笑いした。
私は、疑ってた自分がすごく、恥ずかしくなったのと、嬉しさで涙が込み上げた。
「麻樹？　ごめんって……」
「違う…違うの……嬉しいんだ。本当にありがとう……」
私は何度もお礼を言った。

「優ちゃん、ありがとう。もう…本当に大好きだよ」
私は涙を止めたくても止めることができなかった。
私に内緒で、ひとりでがんばって働いてくれたんだね。
私が喜ぶように、指輪選んでくれたんだね。

もう、『大好き』なんかじゃ、言葉が足りないよ。

「えぇん……ヒック……」
「もう、泣くなよ」
優ちゃんは、少し困った顔をして、私の涙を人差し指で拭いた。
「ホラ、麻樹が泣いたらどーしたらいいのか、わかんないんだよ」
「だってぇ……」
「なーくーなー！」
優ちゃんは私のほっぺたをつねった。
「ひらひ〜！（痛い〜）」
仕返しに私も、優ちゃんのほっぺたをつねった。
「ひれ〜〜！（いてぇ〜）」
優ちゃんの手が離れた。
「アハハ！　優ちゃん、変な顔ー！」
私は優ちゃんの顔がおかしくって、ケラケラと笑った。
「やっと笑った」
「え……」

次の瞬間、私は優ちゃんの腕の中に、すっぽりと納まった。
「優ちゃん……」
「最近、麻樹が全然笑ってなかったから、すごい寂しかった」
耳元で、優ちゃんがつぶやいた。
「麻樹、クラスの奴からコクられたんだろ？」
「なんで知ってるの!?」
私は驚いて、優ちゃんからガバッと離れた。
「佳代ちゃんに聞いた」
〜〜佳代ちゃん!!
「そいつンとこ行っちゃうかと思った」
優ちゃんは少し口を尖らせて、すねてるみたいだった。
「私だって、優ちゃんが嘘ついてたから浮気してるかと思ったよ！」
私も優ちゃんの肩を掴み、ほっぺたを膨らませて言った。
「ひでぇー！　一生懸命働いたのに！」
優ちゃんは顔を両手で覆った。
私は慌てて謝った。
「ご・ごめんね！」
優ちゃんは手を覆ったまま黙っている。
「優ちゃん……ごめん……」

そのとき、優ちゃんに抱き寄せられて、

私と優ちゃんは、キスをした。

「許さない」
優ちゃんは、真顔で私を見つめている。
「優ちゃん……？」
まじまじと見つめられると、少し……照れる。

「好きって言わなきゃ、許さない」
まだすねてる優ちゃんが、すごくかわいくって、私は少し笑った。
「何？」
優ちゃんは少しムッとしたみたい。
私は優ちゃんに抱きついた。

「大好きだよ。優ちゃん」

優ちゃんは、うん、とつぶやいて、私を抱きしめた。
「そういえば、なんで急になんで指輪くれたの？」
私はフッと思った。
「……麻樹って、アホ？」
「はっ!?」
「メリークリスマス！　だろ？」
優ちゃんは、窓の外を指差した。
その先には、雪がチラチラ。

「……あーーーー！　私なんにも用意してない！」
「いーよ。何もいらない」
なんだか、年に一回しかないイベントを忘れてしまって、損した気分。
だけど……。

「おいで」
優ちゃんがそばにいること。
これ以上のプレゼントなんてないよ。絶対。
私は優ちゃんに抱きついた。
遠くで、チャイムの音が聞こえた。

メリークリスマス。

優ちゃん。

中学３年

冬…５

―― 優基 ――

今日は麻樹の入試の日。

麻樹は推薦でも筆記でもどっちでもどこでも入れるような奴だった。

麻樹は面接より筆記が得意だから、筆記を受けた。

麻樹はあえて僕と同じ学校を選んだ。

以前、麻樹に、

「お前さ、頭いいのになんでもっといい学校いかねぇんだよ」

と聞いたことがある。すると麻樹は、

「だって、病院行きながら学校行かなくちゃいけないし、勉強したくないんだもん」

決まってそう言った。

会場から出てきたとき、麻樹は笑っていた。

「うん。できたできた」

「自信満々だなー」

「そりゃ、はってたヤマがぜーんぶ当たったんだからぁ」

「……そーでっか」

こいつは何なんだ。頭良すぎだろ。
その日は手をつないで帰った。
合格発表の日、ふたりで見に行った。
「優ちゃんは、ここで待ってて！」
と言って、門で待たされた。僕はついて行きたかったけど、仕方なく待った。
僕が待っている間、僕の目の前をたくさんのひとが通って行った。
みんな緊張していて、下を向いている。やっぱ、緊張するよな。
僕は推薦で良かったとあらためて思った。

「優ちゃん‼」
麻樹だ。麻樹は叫びながら走ってきた。
「受かったぁぁ‼　やったぁ‼」
麻樹はすごく嬉しそうだ。
「これで優ちゃん、ずっと一緒だね‼」
僕は、その言葉を聞いて驚いた。

……それは、麻樹の本音？

この前は、勉強したくないって言ってたのに……。
僕がぼーっとしていると、麻樹はまた笑った。
僕も、笑った。

今日はいよいよ卒業式。麻樹とこの中学に通える最後の日。
朝、麻樹と合流すると、麻樹はすでに泣いたのか、目が赤く腫れていた。

麻樹もそんなに悲しいのかぁ……と感じていた。
今日歩く学校までの道のりはすごく静かだった。
一歩一歩に中学の思い出を噛み締めながら歩いた。
横を歩く麻樹は、なんだか小さく見えた。

「ねぇ、音楽室に行かない？」
式から帰る途中、麻樹が僕の制服の袖を掴み、笑って小さな声で言った。
「……おぅ」

式が終わって、こっそりとふたりで、誰もいない音楽室に入った。
教室ではみんなが別れを惜しんでいるようだ。

「優ちゃん、写真撮ろうよ！」
麻樹が、小さな声で呼んだ。
「いいけど……」
次の瞬間、麻樹は僕の顔の横に、顔をくっつけてきた。
僕は何だか恥ずかしくて、少しうつむいた。

「はい、チーズ！」
麻樹は嬉しそうに、つぶやいた。
僕はフラッシュに合わせて、少し笑う。
「やったぁ。卒業記念♪」
麻樹は笑いながら、ピアノに向かって座った。
すると、思い出したように、
「あ！　そうだ！　優ちゃん、聞いててね。私の、中学最後のリサイタルだよ」
と、麻樹は笑った。
僕は黙って頷いた。
麻樹の後ろの小さな窓からは、大きな杉の木が見える。
僕は近くの椅子を持ち、背もたれにもたれかかって、ピアノの側に座った。
麻樹は一息着いて、ゆっくり静かにピアノを弾き出した。

麻樹のピアノは、僕の心に響く。
優しい音色。
あの頃と変わらない音色。

僕を、いつだって癒してくれた音色。
少し微笑んで弾く麻樹を見た。

初めて麻樹が、僕に弾いてくれた曲は、『かえるのうた』だった。

その日以来、僕の中で『かえるのうた』は特別な曲となったのを、覚えている。

この曲は……

たしか、『別れの曲』だ。

去年、僕のばぁちゃんが死んだとき、麻樹の部屋で、麻樹が弾いてくれた。
去年より、上手になっている気がする。
音楽なんてよくわからないけど、僕の胸にストレートに伝わってくるんだ。

麻樹の奏でる音は、せつなかった。

そのとき、窓からこもれる光が、
麻樹とピアノをきれいに照らした。
僕は、何故だかわからないけど、涙を流した。
卒業は悲しいけど、それ以外の悲しさが、胸を刺す。
涙で、麻樹が滲んで見えた。

「優ちゃん……？」
涙を流す僕に気づいた麻樹が、手を止める。
「……いいんだ。ごめん、続けて……」

涙を拭いて、笑って見せる。
「わかった」
麻樹も少し笑って、また弾き始めた。

……麻樹。
この胸にささるものは、なんだろう…

お前がこんなに近くにいるのに、少しずつ遠ざかっていく気がするんだ。

こんなに、
こんなに近くにいるのに。

麻樹、ずっと、そばにいろよな。

僕は小さな声で、そう呟いて、麻樹の中学最後の演奏に耳を傾けた。

式も終わり、クラスでオリエンテーションを済ませ、それぞれ解散した。
「秋山ぁー」
門をくぐる直前に後ろから呼ばれた。振り向くとマリコがいた。

「今までありがと。あのさ、知ってると思うケド……私、秋山のことずっと好きだったんだ」
マリコは今までにないくらいに真剣だった。
「でも、つきあってほしいとか考えてないよ。だって冬本サンいるもんね」
「うん」
「だから、幸せになって」
「ありがと。マリコ」
僕はマリコに笑った。マリコは涙を流しながら笑った。
さよならをつげ、麻樹と手をつなぎ、門をくぐった。
これが、僕と麻樹が一緒に過ごした、最後の卒業式だった。

「優ちゃん、ありがとう。もう…本当に大好きだよ」

私は涙を止めたくても止めることができなかった。

私に内緒で、ひとりでがんばって働いてくれたんだね。

私が喜ぶように、指輪選んでくれたんだね。

中学3年

春休み… 1

―― 優基 ――

卒業式も終わり、つかの間の休息を味わっていた僕は、
ベットに寝転び、雑誌を読んでいた。

そのとき、1階からお袋が、
「優一！　買い物行ってきてくんない？」
と叫んだ。
「……今忙しい!!」
返事をすると、
「バカ息子!!　親不孝者！」
と、罵声で返ってきた。
なんだアレ。
麻樹もあんなんになんのかな？

ひとりで苦笑いしていると、携帯が鳴った。
ピンクのライトが光っている。
……麻樹だ！
すかさず携帯を開き、メールをチェック!!

「今からちょっと買い物行ってきます」
僕は急いで下に降りて、お袋に、買う物を聞いて、外に出た。

玄関を飛び出ると、目の前に、麻樹が立っていた。
「ゆ・優ちゃん！　びっくりしたぁー！」
目を点にしている。
「ちょうど、こっちも買い物頼まれてたんだよ。一緒に行こうぜ」
少し息を切らせながら言うと、麻樹は少し笑いながら、
「うん！」
と、うなずいた。

手を繋いで、くだらない話をしながら、街まで歩いた。
途中、並木道に入ると、桜が咲き始めていた。
麻樹は少しだけ微笑んで、「綺麗だね」とつぶやいた。
「そういえば、もうすぐ高校生だね」
麻樹は思い出したように言って、僕を見た。
「だな。楽しみだろ？」
ニコッと笑い、麻樹を見ると、麻樹は眉を歪めて、何か考えていた。
「麻樹？」
麻樹に呼び掛けると、
「なんかさ、教室離れちゃうし、少し寂しいね」

と、寂しそうに笑った。
「昼飯、一緒に食えたらくおうな」
「うん……」
「……教科書、貸してくれよな！」
「う〜ん……」
「……会いに行くな」

麻樹は僕の顔をジッと見た。
「麻樹？」
すると麻樹はニッコリ笑い、
「うん！」
とうなずいた。

街に着き、スーパーに入った。
「今日ね、ウチ、シチューなんだ。私が作るの！」
麻樹がやたら自信満々な顔で言った。
「いいじゃん。ウチは、今日魚の煮つけだって。あんまり好きじゃねーんだよな」
ため息まじりに言うと、
「いいじゃない、魚。体にいいよー」
と、なぜか励まされた。
買い物を済ませ、レジに並んでいると、目の前に老夫婦が仲良く買い物をしていた。
「いいねぇ。私もあんな仲良しな夫婦になりたいな」

麻樹が少しうっとりしながらつぶやいた。
「なろうよ。てか、なれるよ」
僕がすぐに返事をかえすと、
「そうかな？　買い物一緒に来てくれる？」
「いいよ。今日の晩御飯は魚の煮つけー？　とか言ってさ」
「アハハ！　で、違うよー。シチューだよー、とか言って？」
「そんで僕が、またぁー？　とか言って、麻樹がへこむんだよな」
「そ！　そんなヤワじゃないよ！　も〜！」
ハハハッと笑いながら、老夫婦をもう一度見る。
いつか、本当に麻樹と、あんな風になれたらいいな……。
そのとき麻樹は、少し悲しそうにその老夫婦を見ていた。

帰り道、麻樹はなんだか少し元気がなかった。
「麻樹？　スーパーでなんかあったのか？」
僕が尋ねても、ううん、の一点張りだ。
僕はスーパーからの麻樹の行動や、僕の行動を振り返っていた。
そのとき、
「優ちゃん」
と麻樹が叫んだ。
「ん？」

顔を上げ、返事を返すと、
麻樹はにっこり笑い、
「公園、寄ってかない？　久しぶりに」
と言った。

「公園？」
麻樹の視線の先には、冬に麻樹と初めて気持ちを伝え合った、あの公園があった。
「仕方ねぇなぁ」
僕は笑って答えた。
麻樹はパァッと笑い、僕の手を引いて公園へと向かう。
麻樹は一目散にすべり台へと走った。
「ねぇ！　見てー！　私太ったのかな。お尻はいんないやー！　アハハハ！」
麻樹はケラケラ笑いながら、すべり台を滑っている。
「麻樹、なんか子供みたいだなー！　気をつけろよ！」
麻樹は、適当に「はいはーい」と返事をしながらはしゃいでいる。
僕はベンチに腰掛け、ボーッと麻樹を眺めていた。
「優ちゃん！」
麻樹の声にハッとし、顔をあげると、麻樹はジャングルジムの頂上に登っていた。
「私ね、さっきの夫婦見てて、ずーっと考えてたの」
麻樹は少し大きな声で言った。

「何を!?」
僕はベンチから立ち上がり、ジャングルジムに歩み寄った。
「優ちゃんと、他に何か、つながりがないかなーって」
「……つながり？」
僕の問い掛けに麻樹はコクンとうなずいた。
「私たちって、幼なじみ以外じゃなかったら、こんな風に一緒に居られなかったのかな、って」

幼なじみじゃなかったら……。
そんなの考えた事なかった。
僕が少し考えていると、麻樹は、
「優ちゃん。私考えたんだけど、他にも、ちゃーんと近いもの、あったんだ」
とニッコリ笑った。
「？　なんだ？　家？」
解らない僕は思いついたことを適当に答えた。
「違うよー！　そんなんじゃないよーん」
麻樹はニヤニヤしている。

……なんだ？？
「もー、優ちゃん、わかんないみたいだから答え言うねぇ」
そういいながら、少し膨れ面で、1段1段ジャングルジムから降りてくる。
そんな麻樹を僕はうなずきながら抱えてやった。
麻樹は木の枝をひとつ握り、しゃがんで地面に何か書き出した。
僕もしゃがんで文字を見る。

『秋山優基・冬本麻樹』

…………名前？……………

「優ちゃんの苗字は、秋山。私の苗字は冬本。秋と冬。ね、近いでしょ？」
麻樹は自信満々で話している。
地面に書いてある、『秋』と『冬』の文字をグルッと丸で囲む。
そんな麻樹がなんだか可愛くて、僕は麻樹の頭を撫でた。
「本当だ。麻樹、すげぇじゃん。ビックリした」
僕は笑って見せた。
すると、麻樹も、「エへへ」と照れながら笑っていた。
そんな事をしていると、日だんだんと暮れだしたので、また手を繋ぎ、ふたりで歩いた。

秋と、冬か……。

帰り道、僕たちは、幼なじみじゃなくても、出会う運命だったのかな……なんて考えたりした。
そうだったらいいのにな……。

それぞれの家に帰り、僕は部屋に入って、ベットに寝転んだ。
おばあちゃんの麻樹。
見たいような、見たくないような……。
隣の家からは、美味しそうなシチューの匂いがしてくる。
僕は麻樹が料理を作っている姿を想像しながら、まぶたを閉じた。

そんな姿を、
一度も見ることができないなんてことを、
全く考えずに――

帰り道、僕たちは、幼なじみじゃなくても、

出会う運命だったのかな…なんて考えたりした。

そうだったらいいのにな……。

中学3年

春休み… 2

—— 麻樹 ——

「今度デートしようか」
優ちゃんが言った。
「どこに行くの？」
「水族館。親父が割引券くれたんだ」
「本当に？　私、イルカ見たいなぁ!!」
「なんでもごらんあれ」
水族館かぁ……久しぶりだなぁ!!　何着て行こう!!
久しぶりにごほうびをもらった気分でうきうきの私。本当に楽しみ。

★★★★日曜日★★★★★
今日はデートの日。朝はまだ少し寒くて身震いがする。
でも今日はすごく楽しみにしてた水族館デート!!
優ちゃんとはつきあいが長いけど、ふたりきりでデートは初めて。
いつも家族ぐるみだったり、友だちも一緒だったりしたから。

私は真っ白の肩出しニットとチェックのスカートにブーツを履いてかなり気合いを入れた。
「うーん……気合い入れすぎたかなぁ？　ま・いっかぁ!!」
そのまま優ちゃんと家の前で待ち合わせしていたので外に出たけど、まだ来てなかった。
「あれー。もう５分前なのにぃ……。まぁもう少し待ちますかー」
優ちゃん、昨日遅くまで起きてたみたいだし……仕方ないかぁ。と、ため息を吐いた。

――しかし、時間を過ぎても来ない!!　何してるのよー!!

私はしぶしぶ優ちゃんの家に迎えに行った。
チャイムを押すと、おばさんが出てきた。
「あら、麻樹ちゃん！　優？　上にいるからあがって☆」
「はぁい」
部屋に入ると相変わらず汚い部屋。
ベッドをはぐと、丸くなった優ちゃん。――まだ寝てる!!
気持ち良さそうな優ちゃんの寝顔。普段から格好いいのは知ってたけど、こう見たらすごくかわいい……。
優ちゃんのほっぺをつつくと、優ちゃんは目をきゅうっとつむった。

面白くて、何回もやった。たまに、へら〜っと笑った。
「かわいい……」
優ちゃんのこんな寝顔私以外に知ってる人いるのかな？
私だけかな？
ふふっと笑って、もう１回ほっぺをつつくと、優ちゃんの目が急に開いた。
「きゃっ！　びっくりしたぁ！」
「麻樹 !!　今何時 !?　ごめん !!　寝過ごした !!」
急に起き上がった優ちゃんの髪に、少し寝癖。
それがかわいくって、クスッと笑った。
「いいよ。今日はねむいでしょ？　無理しないで」
「何言ってんだよ !!　僕、これでもすげー楽しみにしてたんだから !!
行くぞ !!　あ・10分待って !!」
そう言ったときにはもう優ちゃんは部屋から出ていた。

閉まった部屋のドアの内側には私と優ちゃんの写真、小さいころの私の写真が２枚だけ貼ってある。
「こんなのちゃんと見たらなんだか照れちゃう」
私はニマニマしながらつぶやいた。
「麻樹ー !!　行くぞ〜 !!」
「あ・はぁーい !!」
私はきちんとドアを閉めて部屋を出た。
水族館に着くと、たくさんの親子やカップルでにぎわっていた。
みんなすごく楽しそうだ。
「チケット買いにいくから、待っとけよ」
「うん」
優ちゃんがいつもより男らしく見える。
たまにはこんなのもいいな〜。
ぼーっと優ちゃんの背中を見ていたら気づいたこと。
優ちゃんの背中は意外と広い。
優ちゃんは思ったよりかっこいい。
優ちゃんの前を通った女の人はかならず優ちゃんを見返してる。
背も高いし、筋肉も程よくついてるし、顔も格好いいし、私ってもしかして……ラッキーじゃない？

――まぁ、幼なじみって環境に感謝しなくちゃね。
なんてことを考えてると、思わず顔がにやけちゃう。
「何にやにやしてんだよ、麻樹。気持ち悪ぃぞ」
「あっ！　ごめん（汗）」

―― 優基 ――

わくわくしながら中へ進んだ。
「すごーい……魚ってこうやってみたらすごくきれい」
麻樹はトンネル状になった水槽を見上げながら言った。

それをみながら僕も嬉しかった。麻樹が喜んでくれたら僕も嬉しい。
だから、僕はもっともっと麻樹が喜ぶことをしてやりたい。
麻樹の笑顔がみたいから。
「ねぇ見て‼　クラゲがきれいだよー！　明かりの色に染まってるー！」
まわりの子供に負けないくらいのハシャギよう。こんなに喜んでくれたら十分だ。

僕が少し目を離した間に麻樹がいなくなった。
「麻樹？　麻樹！」
呼んでも返事がない。
どっかで倒れたのか？
気分が悪くなったのか？
僕は必死に探した。
探している間にこの先の未来が照らしだされている気がした。
麻樹はよく言う。

「なんで私ばっかりこんな風になっちゃったのかなぁ」

って。僕はそのとき、正直声をなんてかけたらいいのかわからない。

僕はそんなことない、大丈夫だから、って言いたいけど、言ったところで麻樹は笑って、
「ありがとう」
って言うだけだ。
いつか麻樹が死ぬなんて、今は実感がわかない。
だってそうだろ？
今までずっと一緒にいた奴が急にいなくなるなんて……
誰が想像できる？
僕は麻樹が死んだらどうなるだろう。泣くのかな？　叫んだりするかな？
今はまだ想像できない。
――というかしたくない。

麻樹は死なない。麻樹は生きるんだ。
そう言い聞かせながら、僕は広い広い水族館の中を走りまわった。
最初は何も感じなかった暗闇も、今じゃ麻樹と僕をさえぎる闇でしかない。
僕じゃ、麻樹を救えないのか？

「優ちゃん!!」
そのとき、僕の腕は細くて白い手に引き止められた。
息が荒いのを感じながら振り向くと、同じくらい息を荒げた麻樹がいた。

「麻樹!!　どこいってたんだよ！」
「私順路どおりに行ったよ!!　優ちゃんが違うほうに行ったんだよぉ!!」
「……え？」
「もぉ！　優ちゃんたらぁ」
ふくれる麻樹。僕が間違えてたのか？
急になんだか迷子になった子供の気分だ。
僕は麻樹に抱きついた。
「きゃー！　優ちゃん！　恥ずかしいから！」
麻樹だ。麻樹はちゃんとここにいる。ちゃんと元気だ。
「はは……あはははは」
「ゆ・優ちゃん?!」
「ごめん……麻樹……好きだよ」
「何？　急にー。おかしいの〜〜」

そのあと、ふたりで水族館の横にある海に行った。
ちょうど夕日が沈むくらいで、すごくきれいだった。
「今日は楽しかったねー」
「まぁなー。日ごろは魚は食ってばかりだからなー」
「……優ちゃん、雰囲気ぶちこわしー」
「ははっ。ごめんごめん」
岩に腰掛けてじゃれあっていた。
麻樹は立ち上がって、ブーツを脱ぎ、はだしで砂浜に駈けていった。

「ひゃぁ〜やっぱりまだつめたぁぁい」
「また風邪ひくぞー」
「へへ。いいじゃん……」
「？？　麻樹？」
「だって……次はいつ海見れるかわかんないじゃん。見れないかもだし……」
麻樹は海のほうを向き、うつむいた。
「あはは……やっばいなぁ……私幸せすぎて、嫌んなっちゃう……」
「麻樹……」
「ねぇ、優ちゃん。私、もしかしたら、死ぬかもしれない。明日、明後日、来年、再来年。でも、これから私が生きてる間に私と行った場所に私との思い出を残しておいてね」
「……麻樹」
「なぁぁんて。くらい雰囲気はだめだね‼　明るくね！」
と言って笑顔でこっちをむいた麻樹の目には、うっすら涙が光っていた。
「麻樹、僕は麻樹を死なせない。僕を置いていくな。僕も生きる。だから麻樹も生きるんだ」
「優ちゃ……」
大粒の涙が麻樹の目からあふれだした。
砂浜に落ちる前に、僕は麻樹を抱き締めた。

麻樹が喜んでくれたら僕も嬉しい。

だから、僕はもっともっと麻樹が喜ぶことをしてやりたい。

麻樹の笑顔がみたいから。

高校1年

春 … 1

—— 優基・麻樹 ——

ぴしっとなったネクタイ。
白いワイシャツ。
ちょっと大きいブレザー。
——うん。高校生って感じだな。
高校に入学して1週間。僕と麻樹のクラスはまったく違う。
麻樹は特別進学クラス。僕は普通のクラスだ。
まぁ、入試でトップの麻樹はそっちに行っても仕方なかった。
学校へは電車で3駅だ。いつも満員で困る。朝は僕と麻樹は別々になった。特進クラスは朝が早いのだ。
僕には絶対起きることのできない時間に麻樹は行っていた。
帰りも別々で、僕は部活にいっているときも麻樹は勉強していた。
僕が終わってもまだ勉強していた。
麻樹は勉強したくなかったんじゃないのか？

電話しても『平気』って言うだけで、ほかに何も言わない。
僕は毎日楽しかった。クラスには男女それぞれ１５人ずついて、仲良くなった。
男で、古藤拓也《ことうたくや》という奴がいる。そいつはとくに仲が良くなった。
バスケ部も一緒で仲良くなれた。
女はみんなよく話しかけてきた。
中学と違ってみんな化粧でかなり化けている。
でもみんないい奴だった。
本当に充実していた。

ぴしっとしたプリーツ。
白いワイシャツ。
まだ新しい匂いのブレザー。
私もいよいよ高校生かぁ……。
入学して１週間。
私は入試でいきなり満点をとって特別進学クラスに入れられた。
私、勉強なんてしたくなかったのに。
こんなことなら入試で何個か間違えるべきだったな。
毎日優ちゃんと学校に行く予定だったのに、会うこともできなくなった。私は朝７時には学校にいて、帰りも９時まで授業。

優ちゃんの部活よりもずっと長い。
私のクラスは男子15人に女子が５人。
だから女の子同士みんな仲良し。
でもこの前、その中のひとりのチカが、
「ねえ、普通科の秋山優基君、本当格好いいよね !!　まわり何人か狙ってるらしいよー !!」
と言っているのを聞いてしまった。ほかのコは、
「え〜〜 !!　ショックー !!」
と叫んでいた。
――まさか、そんな雰囲気の中で、
「私、彼女なんだー」
なんて、とても言えない !!
この先、不安だなぁ……。

今日は歓迎遠足。天気は快晴。
ってか遠足って小学生かよ !!
学校に着くと、みんなもう着いていた。
特進は今日も朝一に勉強会があったみたいだ。
クラスに行くと、みんなが、
「本当遅いよー !!」
「おせぇよ !!　秋山ー !!」
と、口々に好きかって文句を言う。
僕は古藤の横に座った。
「みんななんだよ。遅刻じゃなくね？」

「女組はみーんなおまえ待ってたんだよ。今日の弁当、誰がおまえにやるかジャンケンしてたぞ」
「は？　弁当あるし。おかんが朝一に作ってくれたし。ちゅか頼んでねーし」
「ひ〜、モテる男はつらいねー。知ってたか？　おまえ歩いてるとき女たちみんなみてるって」
「知らねぇよ。なんか僕、変？」
「違うよ!!　お前格好いいってかなり噂されてるんだぜ。よかったなー。選び放題じゃん」
「無理無理。彼女いるもん」
その瞬間、まわりにいた女たちがいっせいに、
「え〜〜〜〜〜〜〜〜!?」
と叫んだ。
「誰!!　秋山!!　誰よ!!」
みんながせまってくる。
「特進の冬本麻樹」
と言うと、みんな一瞬でいなくなった。

——何なんだよ——

「冬本さんいる!?」
急に大勢の女の子に呼ばれた。
「はい……？」
振り向くと、みんな急に、

「秋山とつきあってんの!?」
といってきた。私はクラスの子をみた。みんな、
「へ？」
という顔をしている。
私は恐る恐るうなずいた。
その瞬間、みんな泣きだした。
「マヂ〜〜〜〜〜!?　失恋かよ〜〜」
「てか冬本さんかわいいし!!　そりゃこんな子がいいよねー!!」
「冬本さんありがとー!!」
みんな嵐のように去っていった。
私はびくびくしながらクラスの子を見た。
「なんで黙ってたの？」
ひとりが言った。
——ヤバ……。
「ごめ……」
「はやく言えばよかったのにー!!　そしたら私たちも秋山くんと話できたのにぃ!!」
「そぉよ!!　麻樹ったらー」
みんな笑いながら言った。

——よかった——

私は安心して思い切り笑った。

今日はいい日になりそう。

バスに乗りみんな好きな話をして、盛り上がっていた。
「秋山はぁ、冬本さんのどこが好きなのぉ？」
みんなしてこっちを見る。僕は恥ずかしくなって、
「……全部」
と、まぁ適当な答えを返してしまった。
「いいなー冬本さん。うらやましいー!!」
「どーかな」
僕は笑っていった。

目的地の高原に着いた。
僕は一目散に麻樹に会いに行った。
後ろ姿だけですぐ見つけられる。
「麻樹」
「優ちゃん!!」
振り向いた麻樹は驚いていた。僕は笑った。
「どーしたの？　久しぶりだね」
「さっきさ、ヘンな奴らがきただろ？　ごめんな」
「んーん。いいよ」
「びっくりしたけど、みんなやさしかったよ」
「そっか。よかった」
僕はため息をついた。
「あ・優ちゃん。はい」

差し出したのは弁当。

「これ……」

「頑張ったんだよぉ」

麻樹の手にはばんそうこうがちらほら。

嬉しかった。

しかし、僕はその日、頑張って弁当を２個食べたおかげで、腹痛に悩まされた。

高校1年

春… 2

—— 麻樹 ——

遠足も終わり、そろそろ高校生活にも慣れてきたころ。
今日は病院に行かなければいけない日。

学校から早く帰れるのは週に1回だけだからすごく嬉しい。
帰りがけに体育館に少しだけ覗きにいった。
体育館の入り口にはたくさんの女の子の集まり。
近づいてみると……。
「秋山ー！　きゃー!!」
「てかマヂ格好いいんだけどぉ!!　コクろうかなー！」
「本気でやばいよねー！　よその学校でもファンいるってさぁ！」
……優ちゃんかぁ……すごいなぁ……。
優ちゃんは昔から、人を注目させるのがうまい。
小学校のころからだ。
私なんか、いつも話を聞いてもらえなくて困ってたのに。
でも、私が困ってたら優ちゃんはかならず助けてくれた。

優ちゃんは私のスーパーマンなんだ。
でもそんな優ちゃんに、唯一同レベルの女の子いたなぁ……小学校のときだったけど……名前なんだったかな？
途中で引っ越して……。
そのとき優ちゃん、あの子が引っ越したのがショックで隠れて泣いてたんだよね……。
私、子供ながらにやきもちやいちゃって……。

「……麻樹？」
「え……？」
呼ばれたほうをみると、たった今考えていた子が立っていた。
「覚えてる？　千鶴《ちづる》だよ！　ほら！　小学校のとき優と３人でよく遊んでたじゃん！」
「ちづちゃん！　わかるよ！　久しぶりだねー！　この学校に入ってたの⁉」
「うん！　今たまたま体育館の前に来たら麻樹見つけたからさぁ！　優は？　この学校なんでしょ？　ほかの女子が噂してるの聞いたんだ！」
「うん。今、中でバスケしてるよ」
「相変わらずあいつ、バスケ好きだな！」
そうだった。ちづちゃんだ。
ちづちゃん、背がすらっとして細い。
筋肉もほどよくついてて……ショートカットがよく似

合ってて……
すごくきれいな顔してる。
私とは正反対だなぁ……。
と、みているといきなり、
「優‼」
とちづちゃんが叫んだ。
まわりの子の視線は一気にこっちに集まった。
ひぇぇ〜〜〜〜！
「……麻樹‼　と…千鶴か⁉」
優ちゃんはこっちに向かって走ってきた。
……が、女の子たちで近づけない。
「ちょっとどいて！」
優ちゃんも必死に言う。
けど、女の子たちには聞こえてないみたい（汗）。
そのとき……。
「どけっつってんだろ！　邪魔なんだよ！　ブスが！　お前らうちくだすぞ！」
その場は一気に静まった。
ちづは……相変わらずすごい。優ちゃんも近づいてきて、
「相変わらずすげぇな！　お前」
「当たり前じゃん。元気だった？」
「おーよ。な！　麻樹」
と、私にほほえんだ。
「何？　麻樹とは相変わらずなかいいんだねー」

「おーよ。今、つきあってんだ」
「え……？」
ちづの表情が変わった。
「ちづ……？」
「おい！　秋山！　ちょっときてくれ！」
優基を呼ぶ声が遠くから聞こえた。
「わり！　またな！」
それからちづは黙っていた。
「麻樹……」
「はいっ!?」
「私ねー、小学校のときから優が好きだったんだ……」
「え……」

「だから、ちょーだい」

「本当に私、ずっと好きだったんだよ。ずーっと。だから、私にちょうだい」
「ちょ、ちょうだいってちづちゃん……そんな、優ちゃんはモノじゃないんだよ？」
「わかってるよ。麻樹、あんたも今じゃ私に反論できるようになったんだね。でもね、あんたと私の違いは、優とどれだけ長い時間一緒にいられたかってことだけ。あんたのほうが、ずいぶん長い時間いられたんだからね」
「ちづちゃ……」

私は突然のちづちゃんの言葉に驚きを隠せなかった。
「ほら、またそうやって泣く。泣いて同情引こうって？
悪いけど、私には通じないからね。じゃ」
去っていくちづちゃんの背中は凛としていた。自信に満ちあふれていて、昔と変わらない。
私……ちづちゃんに負けちゃうかも……。
それに、ちづちゃんがあんなに私に言うなんて……それだけ気持ちがあるんだろうなぁ……。
確かに、私と優ちゃんをつないだのは時間だけ。
長い時間、一緒にいたから好きになったってだけなのかも……。
それに何より、いずれ死んでしまうかもしれない私より、元気な子がいいのかも……。

だめだ……。いっつもこんなことを考える……。
でも、私は優ちゃんが好きって気持ちが最後に残るから離れられない。
――ごめんね。ちづちゃん……。

私は重い足取りで病院に向かった。
外は少しずつ暑くなり始めて、長袖じゃ暑いくらい。
でも、このくらいが私は好きだな。暑すぎず、寒すぎず……。
河川敷に咲いているキレイな菜の花をみていると、病気のことも、ちづちゃんに言われたことも少しだけ忘れることができた。

高校1年

春… 3

―― 優基 ――

「優！」

練習後の汗だらだらの優基に、千鶴が叫んだ。

「千鶴！　よぉ」

「あはは！　本当久しぶりだね。なんか体格も良くなったねー。うんうん！」

「まぁなー。あ、あのあと麻樹、病院ちゃんと行ってたか？」

「ん？　なんの病院？」

「(……病気のことはまだ言ってねぇのか……) いや、やっぱいーや。あいつ、風邪ひいたって言ってたから」

「あぁ、わかんなぃけど。行ったんじゃない？」

「そっか」

「優は昔から麻樹に過保護だよな」

「そりゃ、好きだからなぁ」

「ふぅん……」

「てか、おまえは？　彼氏できたのかよ？　んで、もうやってねぇの？　ソフトボール」

千鶴は昔からソフトボールをやっていて、中学では全国大会にでるほどのピッチャーだった。
ウインドミルで投げる千鶴の姿はとても輝いていた。
「ああ……うん。もうやってないんだ。ソフトはもう疲れちゃった」
「そっか。まぁ、彼氏っつか彼女がおまえには合うかもな！（笑）」
「あはは。——殺されたいのか！」
「あっはは、嘘だよ！　わりわり！」
ふたりはまた昔に戻ったように、笑いながら会話を交わした。

その日、僕は家に帰り、麻樹にメールした。
『ただいま！　疲れた！　ところで今日病院どうだった？(^-^)』
僕は着替えながら返事を待った。返事はすぐに返ってきた。
『お疲れさま（*^_^*）　病院では今のところ順調だって言われたよ！』
メールをみて、僕はほほえんだ。会えなくても、幸せだった。

——僕だけは——

次の日、学校に行き裏庭で千鶴に呼び出された。
「なんだよ」

「あのさ、……昨日、言おうかと思ったんだけど……私、中3の冬にレイプされたんだ。そのときに膝と肘を痛めて、それからもうソフトしてない。彼氏がいないのもそれ。優基にはわかってほしくて」
千鶴はまだ、忘れてないのだろう。
いや、忘れられるはずがない。
僕は何も言わずに涙を流す千鶴を抱き締めた。
千鶴は声を押し殺して泣いた。
そのふたりの姿を麻樹は3階から見ていた。
麻樹の目からも涙がひと筋流れた。

それから、千鶴は休み時間のたびに僕のもとにくるようになった。
そんなある日、教室で昼食の用意をしていると、タクに呼び止められた。
「優基」
「なんだよ。タク」
「おまえさ、麻樹ちゃんとこ行かなくていいのかよ?」
なぜか心配そうなタクに、僕は笑って答えた。
「何言ってんだよ。いっつも学校じゃ会ってねえじゃん」
「お前さ、顔いいから、麻樹ちゃん以外の女がこんなにきてたら噂なんてすぐまわるんだよ。たぶん麻樹ちゃん聞いてると思うぜ」
「麻樹なら平気だよ。ちゃんとわかってるから。千鶴が幼なじみってさ」
「知らねぇからなー。取り返しつかなくなっても」
「はいはい」
僕は笑いながらタクに返事をした。

ある日、僕は千鶴と売店に出かけようとしたとき、ちょうど麻樹とばったり会った。
「麻樹！」
「優ちゃんと……ちづちゃん……」
そのとき、千鶴がニヤリと笑ったのを僕は気づかなかった。
思わず麻樹はその場から逃げ出した。
「麻樹 !?」
突然逃げ出した麻樹を僕が追いかけようとすると、千鶴は僕にむかって言った。
「麻樹なら平気よ。私が行く」
突然の千鶴の言葉におどろいた僕は思わず立ち止まってしまった。
「麻樹！　待ちなよ」
千鶴は麻樹の腕をつかんだ。
「ちづちゃ……」

振り向いた麻樹は涙を流していた。その姿を見て、千鶴はフッと笑って、
「もうすぐだからね。優基はもうすぐ私のことを好きになるよ」
と麻樹に向かって言った。
「ちづちゃん……いいよ。優ちゃん好きになって」
麻樹はうつむいて言った。
「よかった。ライバル減って！」
「そだね……」
麻樹はその場にしゃがみこんだ。
「麻樹？　何？　またそんなふうに同情かけてくんの？」
「あはは……」
麻樹は顔が真っ青になり、息があがっていた。
「少し走っただけでこれだもんね……情けないね……」
「そうよ。ま・気をつけてね。じゃね！」
僕が駆けつけたときは、千鶴がふり返った瞬間だった。
「麻樹 !!」
「優。大丈夫よ。急に走って息があがってるだけよ」
僕は千鶴のセリフも聞かず、麻樹に駆け寄った。
「麻樹！　大丈夫か !?」
「優ちゃ……」
ぐったりとした麻樹を僕は抱えた。
「ちょ・ちょっと！　優基！　おおげさなんじゃ……」
「うるせぇよ……どけ」

「い・嫌よ！　麻樹はそんなの演技に……」
「いいからどけよ」
ふだんの僕からは考えられないほどの威圧感に千鶴はおどろき、思わずその場をどいた。

僕は保健室に走った。
抱えた麻樹はすごく軽く、優基は麻樹の体重が明らかに減っていることに泣いてしまった。
保健室に着き、麻樹を寝かせた。
「大丈夫か？」
「うん……ありがとう。寝てたら治る程度だと思う……」
「そっか……」
僕はため息をついた。
「優ちゃん」
「ん？」
「ちづちゃんと……つきあっていいよ……」
「は？」
「私……見たんだ。優ちゃんとちづちゃんが抱き合ってるの。でも、ちづちゃんなら私、いいよ」
「何言ってんだよ。あれは違……」
「違くないよ。ちづちゃん、ずっと優ちゃんが好きだったんだって」
「そんなの関係ねぇよ」
「私なら平気だよ。私よりちづ……」

「関係ねぇよ!!」
突然の僕の大声に麻樹はおどろいた。
「千鶴なんか関係ねぇんだよ!!　オレは麻樹が好きなんだ。いくらまわりがなんて言おうと麻樹が好きなんだから、関係ねぇんだよ!!」
「優ちゃ……」
「……急に怒鳴ってごめん……」
僕はうつむいて謝った。
「ううん……私も、ごめんね……」
僕は麻樹にほほえんだ。
麻樹も僕にほほえんだ。

それから僕は麻樹が寝たのを確認して部屋から出た。
ドアを閉め、しゃがみこんで、両手で顔を覆い、声を殺して泣いた。

高校1年

春… 4

―― 優基 ――

その日、僕は千鶴を呼び出した。
僕は、千鶴の気持ちを知った以上は、あいまいな態度を取らないことにした。
「優基……さっきはなんか私もテンパってて……ごめん」
「いや、仕方ないよ。急に麻樹があんな風になったわけだし」
「うん……あのさ、麻樹に聞いたでしょ？　私の……気持ち」
「うん……」
「私、本当に昔から好きだったの！　本当よ。だから、つきあってほしい。つきあうの無理でも、好きでいさせて……ほしい」
少しうつむきながら、千鶴は言った。
「もっと昔から、麻樹のこと好きだったんだ。千鶴と出会う前から」
「えっ……？」

「今まで、麻樹よりかわいい奴やいい奴もいたけど、結局好きなのは、麻樹なんだ」
「優基……」
「麻樹がいなくなって困るのは僕なんだ。麻樹じゃない。僕が麻樹を必要としてるんだ……」
「優基……」
ふたりに沈黙が続いた。
そして、千鶴が沈黙を破った。
「……そっかぁ……そうだよね。そんなに好きならだめだよね」
千鶴は笑いながら言った。
「ごめんな」
「ん？　いーのいーの。仕方ないさぁ！」
「本当わりぃ」
「でもまぁ、友だちではいてよね！」
「当たり前だよ」
千鶴と笑った。
本当は千鶴が泣くのをこらえていることに気づいていたけど、気づかないフリをした。
せこい奴と言われても、それが僕の精一杯のやさしさだと思うから。

学校も終わり、麻樹を保健室に迎えに行った。
部屋には先生はおらず、風が静かに流れていた。

ベッドのまわりのカーテンを静かに開け、なかをのぞくと、麻樹がすやすやと寝ていた。
「……気持ちよさそうにしてら」
クスッと笑い、透き通るような白い頬をそっと撫でた。
「こいつ……本当にいなくなっちゃうのかな……」
思っていたことを言葉にすると、現実味が増す。
僕はだんだんと不安になり、急いで麻樹を起こした。
「麻樹!!　起きろよ!!」
体を揺すると、麻樹が目を覚ました。
「優ちゃん……どうしたの？」
まだ開けきれてない目をこすりながら麻樹は上体を起こした。
「な……なんでもねぇよ……ホラ！　帰るぞ」
僕は不安をかき消すように麻樹に言った。
「うん。そうだね」
麻樹はベッドからぴょん、と降りた。
こっちをみてニヤニヤしながら、
「そういえば、久しぶりだね。ふたりで帰るの」
と言った。
「そーだな」
「嬉しい？」
麻樹はニヤついた顔で聞いてきた。僕はなんだか悔しくて、
「普通」

と、まぁ変な返事をしてしまった。

夕日は少しずつ落ちてきて、影がきれいにのびていた。
ふたりは自然と手をつなぎ歩いた。
僕は麻樹と、あとどれだけの時間すごすことができるのだろう、と考えながら帰った。

それから僕は麻樹が寝たのを確認して部屋から出た。

ドアを閉め、しゃがみこんで、

両手で顔を覆い、声を殺して泣いた。

高校1年

夏…1

—— 優基 ——

だんだん暑くなってきた。
梅雨も明けて、毎日蝉も鳴いている。
夏休みも目の前だ。
僕は部活に相変わらず打ち込み、麻樹も勉強に励んでいた。
千鶴はあの日からあまり会わなくなった。
「てかよー、なんでうちの学校にはプールがないんかねぇ」
タクはかなり長いため息を吐いた。
「高校にもなってプールはねぇだろ」
僕は思ったとおりに言った。
「お前さ、前から思ってたんだけど……性欲とかないわけ？」
「あ？　オレだってあるはあるけど……」
——麻樹のことがいろいろあってそれどころじゃねんだよ。
「オレが見るかぎりじゃ、お前よりクラスの女たちのほうがよっぽどムラムラしてるよ」
「いまどきの女の子はこわいね〜」
「オレはそっちのがいいけどね」
「あ・そ」
確かに、そうゆうの……ねーなぁ。
麻樹とキスしたいとか抱きつきたいとかはあるけど……
その先は考えたことねぇな……。
麻樹は考えたり……はしねぇか。
僕はまわりの女たちをみた。
胸元がはだけてる奴やスカート短い奴はたくさんいるが、まったくなんとも思わない。
――僕がヘンなのかな……。

その日の帰り、僕は部活で疲れてへろへろになって帰った。家に着き、そのまま部屋に直行した。
ベッドの上にはなぜか麻樹が寝ていた。
「何してんだこい……」
と、僕の目に飛び込んできたのは、麻樹のはだけたスカートからみえる白くて細い足。
僕は真っ赤になった。
心臓はバクバクとデカイ音を立てて鳴っている。
「十分あるじゃん……性欲」
僕はそっと近づいて麻樹にキスをした。
「ガ、ガキくせぇ〜……」

そのあとずっと麻樹の寝顔を見てた。寝顔は赤ん坊みたいでかわいかった。
自然と笑みがこぼれる。幸せだなって実感する。
僕はしばらくその幸せに浸っていた。

しばらくして麻樹が目を覚ました。
麻樹にどうしたんだと聞くと、麻樹はただ、
「会いたかったんだ」
と言った。
僕はこのとき、まだその言葉の重大さに気づいていなかった。

次の日はすごく暑かった。35度まで上がって、バテバテになった。
教室でタクとだべっていると、千鶴が教室に駆け込んできた。
「なんだぁ？　どしたんだよ」
「麻樹がっ！　麻樹が倒れたの！」
「……！　麻樹、今どこ!?」
「保健室!!」
僕は走った。
起きてはいけないことが起きた気がした。
これで、麻樹の病気は目覚めた気がした。

保健室に駆け込むと、先生が立っていた。
「先生！　麻樹は？」
「寝てるわ……麻樹ちゃん、いよいよ出てきちゃったかもね……まだ病院で調べなくちゃわからないけど……たぶん入院ね」
「先生、麻樹の病気のこと……」
「当たり前よ……最近ひんぱんに保健室にきてたのよ……かなり我慢してたと思うわ」
「あいつ昨日はそんなこと一度も……」
「言ってたわよ。あなたには心配させたくないからって。もう本人も入院しなくちゃならないことわかってたはずよ」
「だから昨日……」
そのとき後ろから、
「麻樹……病気なの？」
振り向くと千鶴が立っていた。
僕は千鶴を廊下に連れ出した。
「ねぇ！　優！　どうなの⁉」
「落ち着けよ」
「優‼」
「っるせぇよ‼　そうだよ！　麻樹はＨＩＶだよ‼　死ぬかもしれねんだよ‼」
「でも……かならずしも死ぬわけじゃないんでしょ？」
千鶴は目をうるませながら僕に訴えた。

「今、もしかしたら眠ってたやつらが目を覚ましたかも……発症してしまったかもしれないんだよ……」
「そんな……うそでしょ……」
こらえきれなくなり、千鶴はその場に座り込んで泣きだした。
僕は外をみて、かぎりある時間のなか、必死に生きている蝉を眺めていた。
その日は麻樹のおじさんが迎えにきて、麻樹は目を覚まさないまま帰っていった。

その夜僕はベッドに寝転び、麻樹の家を眺めていた。
すると窓がいきなり開き、麻樹が出てきた。
「麻樹!?」
「じゃじゃーん」
「お前、大丈夫なのかよ!?」
「明日から入院してくるね」
「そっか……頑張るんだぞ？　見舞い行くから」
「うん……」
それからふたりで見つめあった。
そして麻樹が口を開いた。
「優ちゃん、淋しい？」
「何言ってんだよ！　お前そんなこと言ってる場合じゃ……」
「淋しい？」

「淋しくないよ。大丈夫だから。気にしないでお前は頑張れ」
「……頑張れないよ……」
「は？」
「みんなで、頑張れ頑張れって……優ちゃんは私がいなくなって淋しくないの？　私は淋しいよ……もっと一緒にいたいよ……」
麻樹は顔をくしゃくしゃにして泣きだした。
そんな麻樹を見て、ため息をひとつ、ついた。
「僕も……もっと麻樹といたい。いたいから、麻樹に頑張って生きてほしい。でもこれから麻樹がいなくて……すげ淋しい……」
麻樹に向かって僕は本音を言った。
麻樹は涙を拭きながら笑った。
その夜、僕は眠ることができなかった。

僕は外をみて、かぎりある時間のなか、
必死に生きている蝉を眺めていた。
その日は麻樹のおじさんが迎えにきて、
麻樹は目を覚まさないまま帰っていった。

高校３年

夏… 1

── 麻樹 ──

ねぇ、私本当はすごく恐いんだ。
自分がいつ死ぬか、なんとなくわかるんだ。
はっきりした日とかわかんないけど……。
体がそう言ってる。
もう元気な体になんかなれない。

ねぇ、私すごく恐いの。
本当は優ちゃんの腕に包まれて眠りたい。
こんな冷たい真っ白な布団になんか包まれたくない。
あったかくなんかないよ……。

私、死にたくない。死にたくないよ。

私は入院した。
真っ白な冷たい壁に囲まれた部屋。ただ、変な絵が飾ってあるだけ。
外には中庭が見える。

車椅子の子が散歩してる。
私の体重は、元気なころにくらべて10キロ近く落ちた。
頬はこけて、腕は骨のようになり、青白い。
今は立ち上がることすら困難だ。
ずっと咳がでて熱っぽい。
薬も毎日たくさん飲まされるし、嫌になる。

でも優ちゃんが毎日きてくれる。
変わり果てた私を見ても態度はまったくかわらない。
私が笑わない日も機嫌が悪い日も、いつも笑顔でそばにいてくれる。
私はあなたに何もしてあげられないのに……。
何もしてあげられないから余計つらい。
笑うこともできない。

最近は外に散歩に行くようになった。
病院の中庭には池もあって、結構気分は落ち着く。
今日も、気分を晴らすために散歩にやってきた。
水の手入れもされていて、すごくきれい。
中庭をうろちょろしていると、

「麻樹」
後ろから声をかけられた。
振り向くと、ちづちゃんがたっていた。

「なんでここに……」
病気のことは言ってないのに……。
「優に聞いた。大丈夫？」
「うん。すぐ治るよ」
この前から久しぶりだったから、沈黙が続く。
「あの……さ、この前はごめん……あんなひどい言い方して」
「ううん。いいよ。私なら平気」
「そか……あのさ、私あのあと、優にはフラれたんだ」
「え……？」
「麻樹のほかは興味ないんだってさ。よかったね」
「ちづちゃ……」
「私なら平気よ。まぁ、わかってたからねぇ。それに、私だって意外とモテるんだからねぇ。バカにしないでよね」
ちづちゃんはそう言って笑った。
私も笑った。
ちづちゃんと仲直りができた気がした。
それに、優ちゃんが言ってくれた言葉が嬉しくて……。

それから病室に戻り、私は注射を受けた。太くて嫌な注射も、嬉しいことがあった後だから、平気だった。それから私は治すことに必死だった。
優ちゃんは毎日来てくれた。

そして毎日、嬉しい言葉を残してくれた。
そのたび私は頑張ることができた。
「麻樹、最近顔色いいよな」
「うん。頑張ってるんだよ！　早く元気になりたいし」
「治ったらまた、どっか行こうな！」
「私、また水族館いきたいな！」
「おまえも好きだなぁ〜」
私はまた水族館に行ける日を心待ちにして頑張った。

―― 優基 ――

麻樹のＡＩＤＳが発症して、２年がたった。
もう真夏も終わって、涼しくなりだした。夏休みは毎日、麻樹に会いに行った。
僕はそれで十分楽しかった。
外出許可は降りなかったけど、中庭を見て回ったりした。
麻樹が喜ぶのならなんでもよかった。

ある日、僕は麻樹のおばさんに呼ばれ、麻樹の家に行った。
麻樹がいないのに麻樹の家に行くなんて初めてだ。
「優ちゃん、久しぶりね」
「そうですね」
「毎日麻樹に会いに行ってくれて、嬉しいわ」

「いや、僕が行きたいだけなんで」
「そうね……」
「今日はいきなりどーしたんすか？」
僕は出されたコーヒーを飲みながら聞いた。
おばさんは少し笑って言った。
「あのね、おばさん、昨日麻樹のお医者さんに呼び出されて、言われちゃった」
「なんて？」

おばさんは表情を変えずに言った。

「麻樹、もって半年だって」

おばさんは続けて、
「麻樹、体内にたくさん悪性の腫瘍が転移しているんだって」
おばさんは言ったあと泣きだした。大声をあげて泣いた。

僕は茫然としておばさんをみていた。
麻樹は半年もたない？　あんなに元気だったのに？
僕は気づかなかった……。
どうしても信じられない。
でもおばさんに、嘘だろ？　なんてことも聞けない。
ただただ、茫然とするだけだった。

僕はいちばん聞きたくなかった言葉を聞いた気がする。
僕は、麻樹がいなくなる日を断言されたくらいショックを受けた。

おぼつかない足で、僕は家に帰った。
部屋に入り、麻樹との写真を見つめる。

麻樹は笑ってる。
まだお互い何も知らなくて、お互いの気持ちも気づいてないころの写真。

まさか麻樹が死ぬなんて。

確かに麻樹は自分で言っていた。
私はいなくなると。
でもまだ望みを持ってたんだ。
僕は笑ってる麻樹の写真を見続けた。

麻樹、僕はどうしたらいい？
お前がいなくなったら……。

高校3年

秋…1

―― 優基 ――

あの日、おばさんに話を聞いてから、僕は麻樹の前で苦笑いしかできなくなっていた。

麻樹がもう長くないことを聞いてから、麻樹の顔色が良くないこともわかるようになった。

僕はなんで今まで気づかなかった？

麻樹の腕は骨しかないような細さで、手を握るとそのもろさにのどが熱くなった。

僕の握力が強いわけじゃない。麻樹の握力はほぼ、なくなっている。

僕に比べておばさんは、すごいと思った。

麻樹の前では笑顔だった。

ただ、花の水を変えるフリ、目が痛いフリ、トイレに行くフリをして、泣いていた。

麻樹は必死に平気な顔をしていた。

本当はつらいんだろ？　無理すんなよ……。

僕は実際どういう態度で麻樹に接すればいいのかわからなかった。

本当は思う存分泣きながら麻樹を抱き締めたい。
けれど、そんなことをしたら、何も知らない麻樹は間違いなく動揺するだろう。
だから、こうして下手な演技でもいいから笑うのがいちばんだと思ったんだ。
「ねぇ、優ちゃん、千羽鶴折ろうよ。なんだか願掛けみたいでいいと思わない？」
麻樹は最近前向きだった。
「そうだな。そうしよう」

それから毎日僕たちは鶴を折り続けた。
ひたすらに願いを込めながら折った。
麻樹も真剣に折っていた。
そうやって何かに真剣に打ち込む麻樹をみると嬉しかった。
生きていきたいのは、麻樹も同じ。麻樹が死んでつらいのは僕だけじゃない。
僕は麻樹を見ていて、僕ができることが何かを思い出せた気がする。
「麻樹‼　さくさく折るぞ‼」
「なぁにぃ？　優ちゃん。いきなり変なのぉ」
久しぶりに笑いに包まれた病室は、元気なころの僕たちをまた映し出していた。

例えば、麻樹が元気になる。
それなら僕も元気になる。
例えば、麻樹が元気じゃなくなる。
それなら僕は元気をださせる。
例えば、麻樹が何かに必死になる。
それなら僕が支えてやる。
例えば、麻樹が幸せになる。
それなら僕も幸せなんだ。

僕の生き方はそうまわることに、いまさら気づいたんだ。

だから麻樹、
だからキミが生きてる間は、
ずっと僕がキミを幸せでいさせてみせる。
キミの涙はもう見ない。

高校３年

秋 … 2

── 優基 ──

何でこうなった？

僕の目の前にいるのは……。
麻樹？

僕の目の前にいる麻樹の布団にはおびただしい量の血がついている。
麻樹は白目になり、うつろだ。

「あぁぁあ……麻樹!!　麻樹!!　っっ!!　……麻樹!!　ぁぁあぁあぁぁ!!　誰か!!　誰か!!　麻樹が!!」

僕は叫べるだけ叫んだ。
ついさっきまでは普通に話をしていたのに。
すぐに医者たちが駆けつけて麻樹をどこかにつれていった。
僕は足元に落ちた折りかけの鶴を眺めた。

鶴を拾った僕の手は麻樹の血で染まっていた。

麻樹は手術室に入れられていた。
僕はひたすら麻樹がでてくるのを待った。
おばさんもおじさんもすぐにやってきて待っていた。
みんな無言でひたすら麻樹を待ち続けていた。
そのとき、僕の携帯が光った。
タクだった。
「……はい……」
「優か？　お前最近学校きてねぇけど、どーしたんだよ」
心配そうなタクの声を聞いて安心したせいか、僕は涙を流した。
「優？」
「……どーしようタク……麻樹……麻樹、死にそうだ……麻樹がいなくなっちまう……あいついなくなるんだ……」
出せる声をふりしぼり話をした。
タクはきっと意味がわからなかったと思う。病気のことも何も知らなかったから。
だけど、あいつは僕の話を聞いてくれた。
僕は何度も言った。
「麻樹、本当にいなくなっちまう……僕をおいていくんだよ……」
そのたびにタクは、大丈夫だからと何度も言った。

電話を切った後も僕は待った。
涙も枯れて目を腫らしながらひたすら『手術中』の文字をにらんだ。
しばらくすると、ドアが開き、ベッドに寝ている麻樹がいた。
麻樹は意識がなかった。
自分では呼吸ができないらしく、人工呼吸器がついていた。
麻樹の細い体のあちこちにチューブがつながっていた。

麻樹はそのまま集中治療室に入れられることになった。
僕とおばさんとおじさんは白衣と帽子に着替えて中に入った。
麻樹に会うのに、こんな格好をしなくちゃならないんだな……。
麻樹の顔色は白い、というよりも、色が……なかった。
おばさんは麻樹の頬をさわって言った。
「麻樹ぃ。大丈夫？　よく耐えたねぇ……頑張ったねぇ……。まだ……まだ頑張れるよね？　……麻樹……お母さんにはまだまだ……麻樹が必要なのよ……」
おばさんは涙を流しながら優しく頬を撫でた。
おじさんは後ろで静かに麻樹を見ていた。
たぶんおじさんも、もう何回も泣いていると思う。
赤い目がその証拠だ。

僕は麻樹を見た。

お前、あのころとは変わっちゃったな……。

でも僕はお前が相変わらず好きだよ。

なんでもいいから……生きろよ……。

麻樹の手を握る。

けれど、もう握り返してはこなかった。

僕は麻樹の手を両手で包むように握った。

僕の涙はやっぱり枯れてはいなかった。

変わり果てた麻樹をみるといくらでも涙は出るんだ。

高校３年

秋 … 3

―― 優基 ――

麻樹ね、宝探し、大好きなんだ。
どこに何が隠されてるかわかんないからワクワクするじゃない？
おっきくなっても、そんな風にワクワクしたいね。

「……う……優……優!!」
僕は体をビクつかせて起きた。
目を開けると横に千鶴が立っていた。
「優、めずらしく学校にいると思ったら寝てるなんて、何してんのよ」
腰に手をあて少し膨れた顔で言う。
すると横からタクが、
「昨日から麻樹ちゃんについてて寝てないんだろ」
とカバーしてくれた。

僕は久しぶりに学校にきた。
昨日、麻樹のおばさんに言われたからだ。

「麻樹のせいで学校辞めるなんてことになったら、麻樹がいちばん悲しむわ。麻樹に何かあったらすぐ連絡するから、優ちゃんは学校に行って？」

確かにそれはそうだと思った。
僕は授業中も外を見てぼ〜っとしていた。
考えることはひとつだけだったけど。

「麻樹ちゃん、どう？」
タクが言った。
「あいつさ、悪性の腫瘍ができて、転移しまくってるらしい。容体が急変して急きょ手術したんだ。今集中治療室に入ってるよ」
僕は下を見ながら言った。
「あのさ、お前もつられて体壊すなよ。本当それ心配だから」
タクは言った。僕はタクをみて、「ありがと」と言った。
僕は持ってきていた折り紙で鶴を折った。
ひたすら願いを込めて……。

学校が終わって、病院にすぐ向かった。
監督にわけを話して休ませてもらっている。
僕は病院に着くと、親しくなった看護婦さんにあいさつをして、麻樹の病室に向かった。

相変わらず麻樹はビニールシートに囲まれた部屋で寝ていた。
僕は白衣を着て、帽子をかぶり中に入った。

真っ白な顔で寝ている麻樹は、つい最近まで僕が来ると目を見開いて喜んでいた。
でも今は違う。
ただひたすら寝ている。
呼吸すら器械まかせな状態で。この器械に麻樹の命はかかっている。
今、麻樹が生きていることを証明できるのは、心音を静かに刻んでいる器械だけ。
麻樹は生きるのに、何もかも器械なしじゃ無理なんだ。
僕は反応のない麻樹の手を握った。
手はほんのりあたたかかった。
僕は寝ている麻樹の横でまた鶴を折り始めた。
「まったくさ、僕ばっかりに鶴折らせてどういうつもりだよ」
『ごめんね、優ちゃん』
「麻樹のために折ってんだからな」
『うん。ありがとう、優ちゃん』
全部、聞こえるのは昔の麻樹の声。
今はまだ麻樹の声を思い出せるけど、いずれ僕は麻樹の声を忘れてしまうのかな？

僕はもっと麻樹の声を聞きたい。
もっと僕の名前を呼んでほしい。
そんなのは僕のわがままかな……。

なぁ麻樹、お前は今、ちゃんといい夢見れているか？
昔からお前、恐い夢みたら泣いて僕んとこまで来てたじゃん。
あのときみたいに、恐い夢見たなら来いよ。
僕はいつでも横にいるから。
前よりもずっと近いところにいるから。
前よりもずっときつく抱き締めてやるから。
まだまだ僕は麻樹にしてやりたいことがたくさんあるんだ。
麻樹もまだまだしたいこと、たくさんあるだろ？

まだ、生きろ。僕は待ってるから。

僕はまたひたすら鶴を折った。

私が笑わない日も機嫌が悪い日も、

いつも笑顔でそばにいてくれる。

私はあなたに何もしてあげられないのに……。

何もしてあげられないから余計つらい。

笑うこともできない。

高校３年

秋 … 4

―― 優基 ――

学校にいた僕に麻樹のおばさんからの着信があったのは、そろそろ秋が終わる11月だった。
電話の内容は、麻樹の意識が戻ったという報告だった。
僕は学校をすぐに早退し、病院に向かった。
病院にはすでにおじさんも来ていて涙目になっていた。
僕は慌てて白衣に着替え、中に入った。
急いで麻樹の顔を覗き込むと、麻樹の目はうっすら開いていた。

「麻樹、わかるか？　優基だぞ」
必死に問いかける。
麻樹は少し笑ってうなずいた。
「お前、やっと起きたんだな。僕さ、ずっと待ってたんだぜ」
麻樹は笑っていた。
僕はすかさず作り続けている鶴を見せた。
「ホラ、見ろよ。麻樹がさぼってる間にこんなにも作ったんだぜ。
麻樹も手伝えよな」
と言った。
麻樹は、『そうだね』と言った気がした。

それから僕は毎日麻樹のもとに通った。
麻樹は話はできないが、嬉しそうだった。
麻樹はご飯なんか食べることができなかった。
だからチューブにつながれて、液体で栄養を摂っていた。
昔は『麻樹、ちゃんと食わないと、胸でかくなんないぞ』なんて言ってたのに、今はもう、好きな物を食べることすらできない。
僕は毎日麻樹に話しかけながら鶴を折った。

ある日、麻樹のおばさんと僕は一緒に昼ご飯を食べた。
久しぶりに一緒にご飯を食べた。
「優ちゃんとふたりでご飯なんて、小学校以来ねぇ」
「そうかな？　でも久しぶりだね」
「優ちゃん、カッコ良くなったから、女の子に大人気らしいわねー。
麻樹によく聞かされてたのよ」
「んなことないよ。普通だって」
それからおばさんは急に真顔になり、
「……優ちゃん、麻樹が病気だからって嫌になったら、無理しなくっていいのよ。おばさん、それで優ちゃんをキライになったりしないから」
と、おばさんは笑顔で言った。
僕は箸を置き、真顔で返した。
「おばさん、知ってる？　僕、子供のときから麻樹に惚れてんだ。いまさら違う子なんて必要ないんだよ」
おばさんは涙を流した。
「おばさんの泣き顔を最近よく見るね。昔は僕がよく泣いてたけど、今はおばさんが泣き虫だ」
と僕は笑って言った。
「ごめんね、優ちゃん。おばさん最近、淋しくって」
「体、壊さないようにね。おじさんも悲しむよ」
「……優ちゃん、優しいねぇ。昔麻樹が言ってたわ。優ちゃんの名前は、『優しいが基本』で、『優基』って名前なのよって」
「麻樹が？」
「うん。毎日言ってたわ。優ちゃんはいつも優しいって」
僕は家にいるときの麻樹まではわからないから、嬉しかった。
「麻樹ねぇ、優ちゃんの写真を枕の下に敷いて寝てたのよ。いい夢みたいからって。おかしいでしょ」
「ですね。そんなわけないんですけどね」
「でもね、知ってる？　入院してからも枕の下には優ちゃんの写真入れてたのよ」

「え……？」
「よっぽど優ちゃんが好きなのねぇ」
笑ったおばさんの顔は麻樹の顔に似ていた。
麻樹も年をとるとおばさんみたいになるのかな。

そんな麻樹をみたいよ。

まわりの子はシワが増えたらどうだとか言うけど、僕はそんな自分を見れるだけいいんじゃないかと思う。今の僕は麻樹を中心にまわりすぎかもしれないけど。

高校３年

冬… 1

―― 優基 ――

外の木の葉っぱはすっかり散ってしまって、殺風景な冬になった。
麻樹の容態もだいぶ落ち着き、病室も前の部屋に戻ることになった。
麻樹の部屋にはクリスマスの飾りつけがされていた。
もうすぐ……と、いってもまだまだだが。
麻樹の枕の下には相変わらず僕の写真があるらしい。
僕はいまだに鶴を折っていて、やっと995羽になったところだ。
麻樹の具合はだいぶよくなって、意識も回復し、面会時間も増えた。

僕は相変わらず麻樹の病室にいた。
「麻樹〜本当僕頑張ってるよなぁ？　やっと995羽いったんだぜ」
などとつぶやきながら。
そのとき、麻樹が急に人差し指を出した。そして、麻樹の荷物を指差した。
「なんだよ、何かあるのか？」
荷物をあけると、青い箱に青いリボンがかけられていた。
「なんだこれ？」
みると、『 HAPPY BIRTHDAY 』と書かれていた。
「……今日ってまさか……」
麻樹は笑った。
僕の誕生日……!!
僕は驚いて笑ってしまった。
麻樹は人工呼吸器越しで笑っていた。
「お前、よく覚えてたな !!　てかよく用意してたなぁ !!」
僕は包みを開けながら喜んだ。
そのとき麻樹は涙を流して笑っていた。
中を開けると鍵が入っていた。
「なんだコレ？　……ん？　〇〇水族館……って前に行ったところじゃん」
僕はおどろいた。麻樹の顔を見ると、麻樹はうなずいていた。

僕はさっそく水族館に行くことにした。
立ち上がると、麻樹は僕のシャツをつかんだ。
「なんだよ一麻……」
麻樹はボロボロと泣いていた。
「なんだよ？　どーした？　どっか痛いか？」

僕が聞くと首を横に振るだけだった。
僕はそばにいたけど、麻樹は早く行ってと言わんばかりに手を振る。
僕はしぶしぶ出かけた。
ボロボロ泣く麻樹に背を向けて。

水族館に着き、僕はコインロッカーを探した。
カップルや家族連れでにぎわっていた。
あのときみたいに。
「だいたいいつ隠したんだよ。こんなとこによー」
僕は麻樹が入院してからひとり言が増えた気がする。
コインロッカーを見つけ、鍵に書いてある番号を見つけた。
鍵を開けると、中には手紙と本が入っていた。

「……手紙？」
僕は手紙を手に取り、さっそく読んだ。

『優ちゃんへ』

こんにちは。そして、お誕生日おめでとう。
いよいよ18歳だね。私より先に歳をとったんだね。
今日は優ちゃんと水族館にきています。途中ではぐれたフリしてここにこの手紙を入れにきました。
水族館の人に、優ちゃんが来るまでそのままにして下さいってお願いしたの。

わざわざこんなことをした理由？　それは、私がこの場所が大好きだから。あと、私、宝探しが大好きなんだ。
なんだかわくわくするでしょう？　こんなの。
喜んでくれたら嬉しいな。

この手紙を読むころは、私はもう命のがけっぷちにいるくらいかな。
今はまだまだ元気で、なんでもできるけど、恐いな……。

ねぇ、優ちゃん。私が死んじゃっても私のこと忘れないで。たまには思い出して。私、淋しくて泣いちゃうかも。
たまにお化けになってもいいかな？
優ちゃんはいつかは違う人とつきあって結婚して、子供も産まれて……本当はその隣に私がいたかったよ。
ずっとずっと隣にいたかったよ。
私、勉強なんかしないで、もっと優ちゃんといればよかった。
もっとちゃんと好きって伝えておけばよかった。

ねぇ優ちゃん、私本当に優ちゃんが大好きよ。

どうしたらうまく伝えられる？

本当はほかの人にとられたくないよ。でも優ちゃんが不幸せなのはもっといや。
私、どうしたら幸せになれたかな？　私、なんで病気なのかな？
私、なんで死んじゃうのかな？　いやだよ。死にたくないよ。
こんなに優ちゃんが好きなのに、いちばん叶えてほしい願いを誰も叶えてはくれない。
学力や名声なんかいらないから、優ちゃんと一緒にいられる時間が欲しいよ。
優ちゃんの部屋のドアに貼ってあった写真、嬉しかったよ。優ちゃんの寝顔、かわいかったよ。優ちゃんといろいろなところに行けて楽しかったよ。優ちゃんのことをもっともっと好きになれたよ。

ねぇ、この想いをどうすればうまく優ちゃんに伝えられる？

私の顔も声もぬくもりも、この世から消えてしまったとき、あなたは他の人にこれを求めるの？
わがままな私、最初で最後だから。

長くなったけど、終わります。
この手紙を読みおわるころ、私はまだ生きてるかな？
最後にあなたの顔を見たかったな。
水族館、もう一度行きたかったな。優ちゃんに「別れの曲」をもう一回弾いてあげたかったな。
でも、私と優ちゃんは「秋」と「冬」でいつでも近くにいるよね。きっとそうだよね。

優ちゃん、本当に大好きだよ。

お誕生日おめでとう。

P.S. 私の夢は優ちゃんのお嫁さんだよ。

『麻樹』

僕は本をつかみ、中を見た。
中身は僕と麻樹の写真だった。幼いころから最近までの。

僕は泣いた。座り込み、頭を抱え、口を押さえ、声を出して泣いた。
こんなにキミの想いは僕に伝わっているのに、麻樹はなぜそれをわかってくれない。

僕の気持ち、伝わってないか？
僕もキミが好きで好きで仕方ないんだ。

「……っあっあぁぁああ!!　なんで!!　なんで!!　なんで麻樹が!!　わぁぁあぁ!!」

僕は声を張り上げた。まわりの家族やカップルはこっちを見ている。
だけど関係ない。

まわりにはこんなに緩やかな時間が流れているのに、どうして僕と麻樹はうまく流れていかない？

時間は僕たちを置いて流れる。
僕は手紙と本を抱き締め、病院に走った。

「麻樹!!　麻樹!!　麻樹!!」

そのとき、僕の携帯からは、麻樹のおばさんからの着信音が鳴り響いていた。

最後の日

☆

―― 優基 ――

僕は病院に走った。

まわりの景色は流れていて余計虚しかった。
僕と麻樹が一緒にいられる時間は、あとどれくらい？
タイムリミットがわからない。

もっと一緒にいたい。

もっといろんなこと経験したい。

麻樹はどうしても死ななくちゃならないのか？
世界中の科学者は一発で治せる薬をなぜ作れない？
ほかに死ぬほど悪い奴らはたくさんいるじゃないか。
なんで麻樹が？
なんで麻樹にばかり痛くてつらいことばかりさせるんだ。

もう神様なんて信じない。

不平等すぎるよ……。

病院に着き、麻樹の部屋に行くと、
麻樹はもういなかった。
「麻……樹？」
ベッドのまわりには荷物だけが残されていた。
そのとき、後ろから、
「優基君？」
振り向くと看護婦が立っていた。
「麻樹は……？」
僕が震える声で聞くと、
「麻樹ちゃん、優基君が出ていったあと容体が急変して……今、手術受けてる」
「そ……んな……どこ!?」
僕は場所を聞き、すぐに向かった。
なんで、教えてくれなかった？
手術室前にはおばさんとおじさんがいた。
僕が着くとすぐにおばさんが気づいた。
「優ちゃん……」
「おばさん、なんで手術のこと……」
「ごめんね。麻樹が……麻樹が、言わないでって……今日は優ちゃんの誕生日だからって……」

「そんな……」
僕は点灯している『手術中』の文字を見ていた。

そのとき不意に千羽鶴のことを思い出し、病室に向かった。
中に入り、千羽鶴の入れ物を探した。
そのとき麻樹の枕が落ちた。
拾って直そうとしたときに目についたのは、卒業式にふたりで撮った写真。
なつかしいな。ふたりとも少し目が赤い……。
まだ、おいてたんだな。
僕はフッと笑って、枕を置いた。
椅子に腰掛け、鶴を折った。外はもう日が沈んでいた。
僕は妙に落ち着いていた。
愛する彼女が今、命をかけた手術をしているのに、僕は……今まで以上に落ち着いていた。
ひとり、ひたすら、鶴を折った。
「終わった……」
鶴を千羽折り終わった。僕は鶴を部屋に飾ることにした。
そのとき、看護婦が入ってきて、
「麻樹ちゃん、手術終わったわよ!!」
と叫んだ。僕は同時に駆けつけた。
おばさんとおじさんのもとに行くと、おばさんは泣いていた。おじさんは茫然としていた。

「麻樹……は？」
「……今夜が……峠だって」
おじさんが静かに答えた。
僕は頭に何か衝撃を受けたような痛みを感じた。
おばさんは声をあげて泣いていた。

僕は麻樹が眠っている集中治療室に向かった。
部屋までの距離はあまりないのに外国よりも遠い気がした。
部屋に入ると麻樹はもう目を閉じていた。
「麻……樹……」
僕は麻樹の白い手を握った。
やっぱり握り返してくることはなくて、無反応だった。
今夜が峠か……。
麻樹の人生も……今日で終わり……？

終わり？

僕の前からいよいよいなくなるのか？

目の前に突きつけられたリアルな現実は、僕のリミッターをいとも簡単に外した。
僕はベッドの横にしゃがみこみ泣いた。生きてきたなかでいちばん泣いた気がする。

「麻樹……まだ死ぬなよ……お前まだ17歳じゃん……僕たちこれからいろんなこと経験していくんじゃないのかよ!?………」
無反応の麻樹。
「クリスマス、今年も過ごすって約束しただろ!?　誕生日だってあと少しだろ!?　料理だってまだ作ってもらってねえし、ピアノもう1回弾いてくれるって言ったじゃねーかよっ!!」
いくらどう叫んでも返事はない。
「なぁ!!　返事しろよ!?」
僕は麻樹の体を揺する。
「っ……麻樹!!　麻樹!!」
大量の涙は頬を伝い、床に落ちていく。
「っつ……あぁ!!　あぁぁあぁぁあ!!　麻樹ぃ!!　麻樹!!　まだ……まだ逝くなよ!!　死ぬなよ!!　まだおまえといたいよ!!」
声も枯れるほど叫んだ。医者や看護婦が止めにきた。
「離せよ!!　麻樹!!　僕、千羽鶴作ったぞ!!　全部折ったら願い叶うんだろ!?　なあ!!　僕の願い叶うんだよな!?　起きろよ!!　早く!!　……早く!!」
この後、何を叫んでいたか、よく覚えていない。
叫んでいる中で僕は意識を失っていった──。

「ゆーうーちゃーん!!」

「もう！　優ちゃん!!　起きなよぉ」
僕は目を開けた。目を開けると、僕の部屋だ。
「……ここは？」
「ほらー、水族館連れてってくれるんでしょぉ？」
麻樹は頬を膨らませている。
「麻樹……お前体もう平気なのか？」
僕は体を起こして聞いた。
「うんっ！　優ちゃんが千羽鶴作ってくれたから治ったんだよーっ！」
麻樹は軽く両手をあげて笑った。
「そっか……そっかそっかぁー！　よかった!!　本当よかったよ!!　やったな麻樹!!　僕、なんか変な夢を見ていたみたいだ。そっか、そっかー!!」
僕も心から喜んだ。
「じゃ支度すっから」
僕はベッドから立ち上がりそそくさと支度を始めた。
そのとき、麻樹が僕のシャツをつかんだ。
僕は背中にいる麻樹に……。

あのときと同じ気配を感じた。

僕の誕生日の日も麻樹は、僕のシャツをつかんだ。麻樹がシャツをつかむときは、なんの意味かも僕はわかった。
僕は足を止めた。

麻樹は……抱きついてきた。
僕の背中は麻樹の涙で濡れていた。
僕もうつむき、泣いた。
「ごめん……ごめん優ちゃん……私……無理だった……」
麻樹は体をふるわせながら泣いていた。

僕の頭の中には、今までの麻樹との思い出が走馬灯のように流れていた。
小さいころ、おままごとをしたこと。
小学校のころは、麻樹をいじめっこから守っていたこと。
中学校のときには、登下校が一緒だということをみんなにからかわれたりした。
そして、麻樹と初めてキスをして、遊びに行って、そして……気持ちを伝えあった。
今まであったことを並べるとキリがない。

でも言えることは、そのキリがない思い出を過ごしてきた麻樹が……キミがもう、僕の前からいなくなるということ。

もう二度と手をつないだり、
笑い話したり、
けんかしたり、

自転車をふたり乗りしたり、
守ってやったり、
抱き締めたりキスしたり……。
触れることも、見ることもできなくなるということだ。

「優ちゃん……私、今まで幸せだったよ……病室で寝ててもちゃんと優ちゃんの声、届いてた」

麻樹は、すごい。
僕はもうしゃべることすらできないのに。
ただただ、肩を震わせ泣くだけだ。
「……っ優ちゃ……死にたくなぃよぉ……まだ……まだ優ちゃんのそばにいたい……まだまだいたいよっっ……」
僕も同じ気持ちで、もう何も言えなかった。
「ねぇ……優ちゃん……」
僕は返事をする代わりに手を握った。

「私がいなくなって……淋しい？」

僕は振り返り、麻樹を抱き締めた。今まで以上に、強く、きつく。
それでも麻樹は消えてしまいそうで、僕は思いきり抱き締めた。

「っ優ちゃ……優ちゃん!!　っく……ぅあぁあぁ……」
もう涙はでないと思っていた。でも僕の涙は止まることを知らない。
麻樹は僕の顔を見て笑った。

「優ちゃん、大好きよ」

麻樹はそう言って、僕の腕の中から消えた。
その瞬間、僕はおばさんの叫ぶような泣き声で目を開けた。

最後の日

☆ … 2

―― 優基 ――

僕は起き上がると、座り込んで泣くおばさんの横を静かに通り、麻樹のもとに向かった。
部屋の中には麻樹が静かに眠っていた。
ついさっきまであった麻樹のぬくもり。
今はもう、体温を感じることはできない。
手はもう氷のように冷たい。
顔は真っ白というより青白い。

誰がこんな姿の麻樹を想像しただろう？

僕は涙を麻樹の顔の上にポトリと落とした。
「麻樹……疲れただろ？　でも、もう、ゆっくり休めよ。……ちょっとがんばりすぎだよ。お前」
そうつぶやいて、最後に麻樹を優しく抱き締めた。
もう、さっきみたいに抱き締めてはもらえないけど、その分、僕は最後に優しく抱き締めた。
そして、最後に麻樹に向かってささやいた。

「麻樹、おやすみ……」

まだ、こんなに小さいのに。
まだ、17歳なのに。
麻樹の時間はここで止まった。

次の日、麻樹の葬式は静かに行われた。
葬式では「別れの曲」が流れていた。
目を閉じると、卒業式のことを思い出す。
葬式にはマリコや千鶴、タクやクラスの奴らもきていた。
僕はもう泣いていなかった。
涙ももう、枯れたのだろう。

麻樹のおばさんは真っ青で今にも倒れそうだった。おじさんはそんなおばさんを静かに支えていた。
麻樹の写真は笑顔だった。それが余計虚しかった。

「優、大丈夫か？」
タクと千鶴が駆け寄ってきた。
「……おぅ」
僕はのどが熱くて、カラカラになっているのがわかった。
みんな、泣いている。麻樹のために、泣いている。
麻樹、見えてるか？　こんなにたくさんの人がお前のために泣いてるんだぞ。
これはお前が頑張って生きた何よりの証拠だな。
僕は麻樹の遺影に向かって笑った。

火葬場には僕も連れていってもらえた。
麻樹を焼く直前、棺桶を開けて、麻樹の指に光る指輪を見つめた。
なんだか麻樹が幸せそうに見えた。
もう、体はきつくないか？　苦しくないか？　全部、治ってたらいいな。
麻樹の足元に千羽鶴を静かに置いた。
そして、最後に麻樹の頬を優しく撫で、蓋をした。

僕は待っている間食事に誘われたけど、断って外に出た。
煙突からは麻樹の煙が出ていた。
僕は空を見上げて最後まで見ていた。

麻樹、

もしもキミがまた生まれ変わってくるのならば、
僕はまた恋するだろう。
もしもキミが生まれ変わらなくても、
僕はきっと、ずっと忘れない。
もしもキミが僕を愛することをやめたとしても、

僕はキミを愛することを忘れない。

離れてしまっても、
会えなくなっても、
キミと僕は出会い、
愛し合い、
想い続けるだろう。

僕は誓うよ。

永遠に。

また、会おう。かならず。

※この物語はフィクションです。